カノジョに浮気されていた俺が、
小悪魔な後輩に
懐かれています
My coquettish junior
attaches herself to me!
7

志乃原真由《しのはらまゆ》
「……分かった。その時は任せて」
美濃彩華《みのあやか》
Situation 1
新学期、それぞれの決意。

羽瀬川《はせがわ》悠太《ゆうた》
「悠太くんの深い理解者になれるよね。その時は……改めて。悠太くんのこと、お願いね」
相坂《あいさか》礼奈《れいな》

Situation 2
誘惑と遭遇。
「それとも、改めてもう一度触れてみる？
今、結構コンディション良いわよ。お分かりの通り」

小悪魔な後輩は、俺たち二人を眺めて目を丸くした。
それはもう、物理的に飛び出さんばかりの勢いで。
「せ……せんぱああい!?」
家に怒号が響いた。

Situation 3
あと、数センチ。
「――悠太先輩」

「……ん。ぷは」

志乃原の匂いが離れる。

濡れる頬を指でなぞり、志乃原は挑戦的な笑みを浮かべる。

「……ま、真由――」

「私、悪い子なんで。明日から、決めにいきます」

志乃原真由は自信ありげに笑みを浮かべる。

去年のクリスマスを想起する。

かつての弱々しい笑みは泡沫《うたかた》の如く消え去った。

心の芯を真っ直ぐに持った後輩は、凛とした顔で宣言する。

自分の弱さを吹き飛ばすように。

俺の弱さも吹き飛ばすように。

「私が先輩を幸せにしますから」

Short Story

将来何になりたいか質問してみた

♥礼奈と那月の場合……

「礼奈って将来何になりたいとかある？」

「私？　……うーん、特に。那月は？」

「私は出版社で編集者になりたい。漫画とか小説作りたいんだ」

「ふふ、そっか。那月らしいね」

「……目標が無いんだったら、目指してみれば？　作家さんとかさ。そしたら私もサポートできるし」

「うん。考えてみる」

「軽。ほんとかなぁ」

♥彩華の場合……

「彩華って将来何になりたいんだ？」

「具体的なものは特にないかな。自分の力を最大限に活かせる場所で過ごせたら、それが一番良いわね」

「結構ざっくりしてんな」

「どこでも活躍できる自信があるからね」

「お前が言うと謎の説得力がある……」

「あんたが言うと冗談にしか聞こえないもんね」

「心を抉るカウンター撃たないで！」

♥真由の場合……

「真由って将来何になりたいんだ？」

「私ですか？　えへへ、それはもう決まってますよ。せん——」

「あ、就職とかそっち系な」

「——とう力MAXの傭兵さんです！」

「へえ、物騒」

「先輩がそうさせたんですよ!!」

カノジョに浮気されていた俺が、小悪魔な後輩に懐かれています7

御宮ゆう

角川スニーカー文庫

23445

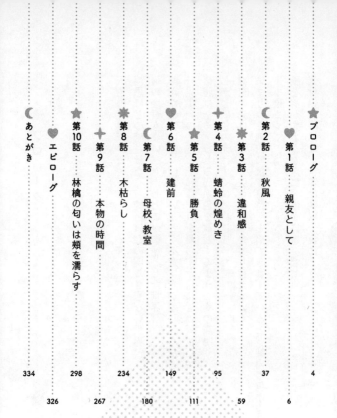

My coquettish junior attaches herself to me!

design work:中村晋弥（LUCK'A Inc.） illustration:えーる

プロローグ

灰色の世界だった。
漆黒ほどの暗さはなく、純白ほどの明るさもない世界。
何の変哲もない、しかしどこか鬱屈とした世界。
そんな世界に暫《しばら》く佇《たたず》んでいると、不意に光が差し込んだ。
一見陽光のようなそれは、目を凝らすと白に近い灰色だった。
落胆はなく、むしろ同系色を歓迎するような胸の高鳴り。
しかし灰色の光はすぐに純白に成った。
純白の光は、やがて灰色の世界を塗り替えていく。
染まりゆく純白に抗《あらが》う気持ちを捨てきれずにいると、純白の色が告げてきた。
——染まって。
脳を溶かすような声に、僅かに逡巡《しゅんじゅん》した。
気付いた時には、世界は純白一色に。

視界一杯に広がった純白は、とても温かい色に思えた。
この色に染まっていれば、それだけで俺は幸せになれる。
ただの直感に突き動かされ、身体《からだ》を預ける。
しかし、不意に視線が隅に吸い込まれた。
世界の片隅に湧き出た薄紫。
湧き出た薄紫に左手を伸ばすと、それは小指から染色し、世界の大半を染め直す。
雷が鳴った。
世界の片隅に追いやられた薄紫。
そして、新たに湧き出た鮮烈な真紅。
それぞれの正体を探ろうと両手を伸ばしたところで、三色がどんどん膨れ上がる。
対抗するように薄紫が膨れ、純白がまた別の色に染まっていく。
決して混ざり合うことのない三色が統一されようとした時、鐘が鳴った。
意識が天に吸い込まれる。

——夢。
そう気付いた時には、内容は全て記憶の外へと消えていた。

第1話　親友として

夏が終わる。

夜道を歩く俺は、不意にそれを実感した。

九月初旬。昼間の残暑は厳しいが、夜になれば涼風が吹く。

ひぐらしの鳴き声が秋を呼び、季節がまた一つ巡る。

そんな当たり前の事象を目の当たりにして、微《かす》かな感動を覚える。

しかしそれは本当に僅かな感情の機微で、三歩進むだけで霧散した。

次の瞬間には忘れるような思考に、一体何の意味があるのだろう。

記憶に留《とど》まらない思考の連続で時間が積み重なるのだとしたら、人生が随分空虚なものに思えてくる。

それでも、絶望するほど悪い人生じゃない。

むしろ周りに恵まれて、今は良い人生を送れていると思う。

そんな中憂鬱な気持ちが今日まで続いているのは、夏休みの一件を経てからだ。

満月の下、東屋《あずまや》の中で俺たちは話し合った。

あの日の情景は暫く脳裏から離れなかった。最近は次第に鳴りを潜め、想起しない時間が増えてきたが。

きっとこのまま、記憶は薄れていくのだろう。

あの日の記憶も——かつて付き合っていた日常も。

忘却の進行は、感情論では止められない。

あと半年も経《た》てば、本格的に就活が始まる。

多忙になれば、ますます過去を想起する頻度は減っていく。

——相坂礼奈《あいさかれいな》という存在が、また俺の中から遠くなっていく。

でも、今度の俺たちは約束した。

あの約束がある限り、どれだけ関係の糸が細く薄くなっても、決して切れることはない。

……またな。

そのまたが訪れるのは、一体いつだろう。

でも、きっと訪れる。

その時までに、俺はもう少しマシな人間になっているだろうか。……ならなきゃいけない。

そうでなければ、礼奈に自信を持って会うことができないから。

いずれ当時を想起して笑い合えるような時間が来る。信じて、今は進むしかない。

まずは目の前のことに精一杯取り組むしかないのだ。

卒業までに必要な単位の取得。就活に向けてのインターン。

サークル合同旅行を終えてからの一ヶ月、かつての俺では考えられなかったくらい、将来に向けて動き始めている。

この短期間で行動した数を数えながら、夜道を一歩ずつ進む。

進んでいく内に憂鬱な気持ちは別の感情へ形を変えて、夏の記憶は脳の深部へ沈下する。

行動を続けるだけで、いくらか自信もついてきた。

まだ周囲には就活について真面目に思考して行動に移す人間が多くない。

皆《み》んなより一歩リードしているという自負が、俺を鼓舞してくれる。更に進めと、背中を叩《たた》いてくれている。

今の俺にできることは、この心持ちを継続させて立派な大人を目指すだけ。

そんな思考に耽《ふけ》っていると借りているアパートが視界に入り、俺ははたと足を止めた。

橙色《だいだいいろ》の光が俺の部屋から放たれている。

カーテンが半分ほど開けられており、目を凝らすと室内の様子が少しだけ視認できた。

丁度その時、茶髪が窓際を横切った。

……それだけで、室内の状況を察するには充分だ。

何とも言えない気持ちになりながら、視線を落とす。

自宅に帰るのが、ほんの少し憂鬱だった。

緊張の糸が切れてしまわないか、甘い日常に陶然としてしまわないか不安だった。

スマホで時刻を確認しようとして、ポケットに右手を突っ込む。しかし腕時計の存在を思い出して、俺は左手に視線を落とした。

礼奈から貰《もら》った誕生日プレゼント。

秒針が滑らかに進むタイプの腕時計で、心の波を穏やかにしてくれる。

時刻は二十一時。大学の図書館でエントリーシートの書き方を研究していたので、この時間になってしまった。

ここ二週間は毎日図書館に籠っているので、殆《ほとん》ど顔を合わせていない。

……志乃原《しのはら》も、そろそろ帰る時間帯だ。

最近顔を合わせていない理由は二つある。

俺の帰宅時間が遅くなったのが理由の一つ。

もう一つは、志乃原の来る頻度が低くなったからだ。

最近は何故《なぜ》か、訪問前に事前の連絡が入るようになった。

事前に来訪の連絡が来ると、俺は帰りが遅くなることを伝えた上で鍵をポストに入れておく。しかし、帰宅時間が遅いので顔を合わせる前に志乃原は帰ってしまう。

志乃原の来る頻度自体が著しく下がったのは、これが数回続いてからだ。

暫く窓を眺めていると、不意に電気が暗転した。

そして数秒経った後、ドアの開く音がする。

……以前の志乃原なら、遠慮なく二十三時付近まで入り浸っていたと思う。

何か心境の変化でもあったのか。

俺は僅かな逡巡の末、隣のアパートの陰に身を潜めた。

会うのが嫌な訳ではない。疲労した状況下で顔を合わせると、きっと俺は癒《いや》されてしまう。性懲りもなく、愉《たの》しい日常を欲してしまう。

決してあの日常が悪い訳じゃない。

ただ、今頑張る期間をなるべく延ばしていくことが、将来のためになるという想《おも》いがあった。あいつに誇れる自分に成りたい想いがあった。

家の中で志乃原に会うのは、もう少し軌道に乗ってからでも遅くない。

古びた階段を降りる音がトントン鳴って、やがて足音は遠ざかる。

志乃原の帰り道が、今の俺が佇む方向じゃないことは知っている。

……志乃原真由《まゆ》とは、もう十ヶ月近くも一緒にいるのだ。

顔だけ出して覗《のぞ》いてみると、志乃原の後ろ姿は既に数十メートル先にあった。

曲がり角に姿を消したのを見届けて、俺は自宅に足を向けた。

軋《きし》む階段を上って玄関前に辿《たど》り着き、ポストに手を入れる。指先にキーホルダーの感触があり、鍵を取り出した。

雪豹《ゆきひょう》のキーホルダーに挨拶してから解錠し、帰宅する。

瞬間、鼻腔《びこう》を香ばしい匂いがくすぐった。

「……なんだ？」

思わず呟《つぶや》いた。

最近は志乃原と顔を合わせていなかったこともあり、食事をコンビニ弁当で済ます機会が増えている。実際今も、冷蔵庫には二つほど弁当が入っているはずだ。

それなのに室内に漂う、食欲を唆《そそ》るこの香り。

部屋の中に移動すると、香りの正体はすぐに見つかった。

テーブルにラップをされたお皿が大小四つ並んでいる。

覗き込むと——肉じゃが、サラダ、お味噌汁《みそしる》、白米。

蓋を閉められた状態なのに良い香りがするのは、作られてから間もないからか。

お皿に触れると、まだ温かい。

冷蔵庫を開けてみると、白米を詰め込んだタッパーが六つ積まれていた。

「……あいつ」

ありがたいような、申し訳ないような。

いずれにせよ、次に会った時は何かお礼をしないといけない。

早速テーブルの前に腰を下ろすと、端っこに手紙があることに気付いた。

そこにはこう記載されている。

『先輩、最近ニアミスが続きますね。「色々頑張ってるみたい」って彩華《あやか》さんから聞きました。色々って何ですか？　またその色々を教えていただけたら嬉《うれ》しいです。とりあえず無理しすぎないでくださいね！　冷蔵庫開けたらコンビニ弁当ばかりだったので、一つ食べちゃいました。お礼にスーパー行って肉じゃが作りました。ブイブイ！』

締めの挨拶もなく、文はここで途切れていた。

大方書いている最中に飽きたんだろうなと推測でき、志乃原らしい手紙に口元が緩む。

俺はお箸を取ってから、手を合わせた。

志乃原の顔を脳裏に浮かべながら、口を開ける。

「いただきます」

肉じゃがを咀嚼《そしやく》する。口内に広がる出汁《だし》の旨味《うまみ》が、肩の力を逃してくれた。

◇◆◇◆

日出、日没が何度か繰り返される。

相も変わらず、俺は大学図書館に日没後まで残っていた。

例の如《ごと》く、あくまで自発的な居残りだ。

今期の時間割は一限目から五限目までフルに講義が詰まっているのが、月曜日から三日連続。木曜日は二コマで、金曜日は全休。

社会人になってから活《い》きそうな単位を中心に履修登録したところ自然にこの時間割になったのだが、メリハリがつくスケジュールなので気に入っている。

……能動的に動けば、こんなにも大学という環境に恩恵が在るなんて。

怠惰になれば底なし沼だが、逆もまた然《しか》り。この環境をどう活かすかは自分次第だった。

そんな気持ちを抱えながらＰＣに向かっていると、隣に座る彩華が小声で話しかけてきた。

「ねえ、そろそろ帰らない？　図書館もうすぐ閉まるわよ」

「もうすぐ閉まるんだったら、最後までいようぜ」

俺はキーボードを打ち込みながら答える。

画面に映し出されるのは自分用のレポートだ。学部で学べる講義がどの職種にどう活きるかを推測した記事をスマホで読みながら、自分の言葉で纏《まと》め直す。

受験期に何となく潰しが効きそうな学部を選んだつもりだったが、現実はそう甘くないことが解《わか》った。

いくつかピックアップした有名企業。それらの求める人物像にマッチするには今後どう動けばいいか、そして具体的な行動指針を模索中だ。

「お腹《なか》減らない？」

「大丈夫。余裕」

「奢《おご》るけど」

「いや、今日はいい」

「そ、そう」

彩華は戸惑ったような返事を漏らして、自身のＰＣを閉じた。

彩華は一時間ほど前から手持ち無沙汰だった様子で、ついに帰宅を決めたらしい。

「じゃ、私先に帰るわね」

「おう」

俺は一旦作業を中断して、手を挙げる。

彩華は何だかヤキモキしたような表情を一瞬だけ浮かべたが、すぐに背を向けた。

俺はそれについて深く考えずＰＣへ向かい、調べ物を再開する。

前期は結局フル単を達成できなかった。

一つだけ試験日が前倒しになった講義があったのだが、それを落としてしまったのだ。

その反省を踏まえて過ごしているが、大学へ入学して以来、今が最も真面目な気がする。

一年生前期の頃よりも、更に真面目だ。

以前の堕落した時間は正直楽しかった。永遠にこの時間が続けばいいと本気で思ったりもした。しかしいざ重い腰を動かすと、これはこれで楽しい。行動しているというだけで、満たされるものがある。

漠然とした焦燥感に駆られないだけでも、現状の方が幸せなのかもしれない。

そう思考を巡らせてから業界研究をして数十分。

閉館を知らせる予鈴が館内に響いて、俺はＰＣの電源を落とした。

高校の卒業式で歌った曲だ。

郷愁に耽りながら、俺はおもむろに席を立つ。

三階から地下一階までに広がる大学図書館は、中高のそれとは比較にならないほど広大だ。そのため何処《どこ》からともなく姿を現す学生も数多く、出口に近付くと数十人が前方を歩くのが見える。

その光景に、皆んな何かを頑張る仲間なんだと、一人心地良くなったりした。

駅改札のような機械に、学生証をタッチして退館する。

……入学当初は、こうしたデジタルな環境に感動したものだ。

そう考えていたら、出口の傍《そば》に見知った人影を見つけた。

相手は俺を視認するなり、近付いてくる。

淡い茶色に染まったショートボブに、トレードマークの丸メガネ。

志乃原と同様、彼女とも最近喋《しゃべ》っていない。

「やっほ」

「……那月《なつき》」

「今から時間ある？」

断れるはずもなく、頷《うなず》いた。

いずれこうなる時が来ると思っていたから。

——月見里《やまなし》那月。

俺の友達、彩華の友達、志乃原の先輩。

そして——礼奈の親友。

佳代子《かよこ》との約束が脳裏に過《よ》ぎる。

俺は彼女に、真摯に向き合うと約束した。

実際、そうしたつもりだ。

佳代子からの文言が無くたって、その結果は変わらなかった。

だがそれで那月が納得するかは別問題だ。

暫《しばら》くお互い無言の時間を過ごした後、那月は口を開いた。

「悠太《ゆうた》さ、なんで私を避けてたの？」

口調は柔らかい。

俺は迷った末、答えた。

「避けてるつもりは……あったかも」

「はは、否定しなよ〜」

那月はコロコロ笑って、正門の敷居を跨《また》いだ。

そしてまた暫く無言で歩を進めたが、何か思い至ったのか那月は唐突にスマホを操作し始めた。

誰かに連絡を取るのだろうか。

そう訝《いぶか》しむと、那月はスマホの画面をチラッと見せて釈明した。

「お店の予約をね。ご飯食べたくて」

「ほんとかよ。入店したら誰かが座ってるとか……」

「誰かって、礼奈？」

口を噤《つぐ》む。

那月はそんな俺に、また笑った。

「そんなことしないよ。私、悠太の友達でもあるんだよ？」

「いや、でも……」

言いかけて、中断した。今の俺は、口を閉ざした方がいい。

那月は「んー」と声を出して、辺りを見渡す。

そして目当てのお店が見つかったのか、返事をしないまま方向転換する。

聞こえないフリをしてくれた那月に内心感謝しながら、俺もお店に足を向けた。

◇◆

食事を始めて一時間ほど経《た》った後、那月は唐突にそう言った。

「まあ、仕方ないよ」

丸メガネをクイッと直して、小さく頷く。

それまでアニメや漫画の雑談を続けていたが、そろそろ場が温まったと判断したのだろう。彼女の思惑通り、半ば無理やり飲まされたお酒の力で口は多少軽くなった気がする。

しかしこの話題に切り替わった瞬間、酔いの殆《ほとん》どは吹っ飛んだ。

僅かに残ったアルコールが、俺の口をゆっくり動かす。

「……仕方ないなんかで済ましていいのかよ」

俺はお箸を小皿に置いて、那月の目を正視する。

那月はハイボールを一口飲んだ後、またコクリと頷いた。

「いいよ。だって、恋愛ってそんなもんだと思うし」

「礼奈の親友として言わせてもらうなら、あの子にはもっと良い人がいるしね」

「そんなもんって……」

「それはそうだけど」

「う……つっこまれないと私酷《ひど》いこと言ったみたいじゃん……」

那月は申し訳なさそうに目を細め、口を結んだ。

だが俺は彼女の言葉にとても反論する気になれない。

「いや、実際そうだしな」

俺自身、礼奈に釣り合うとは思っていない。それでも彼女は俺を好きでい続けてくれた。

だから、今を頑張る必要がある。

かつて彼女が持った色眼鏡を通してみた人間。その色眼鏡を外しても、遜色ないくらいの人間になるために。

せめて、そんな人間に成長しなきゃ気が済まない。

俺は礼奈を振ったのだ。

振ったなりの責任は、きっとある。

それも真摯に向き合うという約束に含まれる気がするのだ。

礼奈がこんな思考を求めてないのは解っている。

これはただ、自分を納得させるための自己満足に過ぎない。

しかし具体的な道のりが不明瞭だから、ひとまず社会的なステータスを得ることが最も分かりやすい成長だと判断しただけだ。

それは俺自身のためにもなる結論だったから、日常から離れることに迷う余地はなかった。

だから少しずつではあるものの、着実に努力を重ねて漸進できている。

「最近うちのサークルに顔出さないのもそれが理由？」

「そうだな」

「悠太が飲み会に来なくなって、樹《たつき》さんとか皆《み》んなも寂しがってるよ？」

「嘘《うそ》つけ。万が一あったとしても、彩華くらいだろ。俺は『Green』の正規メンバーじゃないし」

「なんでそこで私が出てこないのさ」

「じゃあ那月も」

「じゃあってなにっ」

那月は大皿から軟骨の唐揚げを装《よそ》いながら抗議した。

俺も同様に自分の皿に装おうとすると、那月が「ついでだから」とやってくれる。

「いいのかよ」

かつて那月は「周りが何でもやってくれると思わないで」という主旨の発言をしていた。

それを想起して訊《き》いたのだが、那月は苦笑いする。

「ついでって言ったじゃん。深い意味はないよ」

「……じゃあ、まあ。ありがとう」

「うん」

小皿が眼前に置かれる。

俺は軟骨を口に放り込み、ビールで流し込んだ。

舌が肥えていないため、軟骨もビールも大抵のお店で同じ味な気がする。

「……来週からうちのサークルには顔出すよ。『start』休むのはちゃんと藤堂《とうどう》に言ってあるから、そのあたりは円満だ」

本来、日頃のサークル活動を休むのに連絡は不要だが、一度運営に関わった手前そういう配慮はしておきたい。

しかし那月はどこ吹く風というように、「ふーん」と気の抜けた返事をした。

先ほど漫画の話をした時とは大違いだ。

「人を振るのってさ、辛《つら》い？」

「え？」

思わず、口に運ぼうとしていた軟骨を小皿へ戻す。

「私、一回しか人を振った経験ないんだけどさ。中学の時だったし、それがきっかけでその人を好きになっちゃったりしたから、あんまり悠太の気持ちが分からなくて。うん、もちろん想像はできるけど」

「俺を慰めるつもりかよ」

「だって他にいないじゃん？　この件知ってる人で、こうやって慰めてくれる人」

那月はハイボールを二、三口飲んでから、プハッとアルコール混じりの息を吐いた。

「とはいえ、彩ちゃんの方が沢山経験あるしねぇ」

彩華は沢山男を振った。

それは本人を除けば、俺が一番解《わか》っている。あいつが人を振る度に何を感じたか、その結果どうなったか。その過去が今現在にどんな影響を及ぼしたか。

だが俺は彩華じゃない。

彩華と同じ行為をしたからといって、彩華に影響を受けているからといって、同じ結論になるとは限らない。

「真由も経験あるだろーし。だったらなんであの二人はって──」

那月は言いかけて、口を噤む。

「うん。ひとまず、私しかいなそうだなって。自分でも、何で私がこの役目？　とは思うけど」

「……それ本人に言うかね」

「あはは、ごめん」

何を伝えたかったか少し摑《つか》めなかったが、俺を想《おも》ってくれての行動というのは本当だろう。

「つーかさ。俺って今落ち込んでんのか」

「うん。分かりやすいくらいね」

あっさり頷いた那月を横目に、俺はジョッキに口をつける。

半ば無理やり誘ってくれなければ、それすらも気付けなかった。

いつもなら彩華が俺の様子に言及しそうなものだが、最近は全く踏み込んだ話をしてこない。

俺は胸に湧いた疑念を覗《のぞ》き見《み》ながら、ビールを仰ぎ飲む。

「ね、悠太。礼奈の件は私も怒ってないし、礼奈本人だって納得してる。だから、特別気に病む必要はないよ」

「……てっきり罵倒されると思ってた。礼奈が怒らないのは知ってたけど、俺は……その、応えられなかった訳だし。落ち込む権利もないって言われるかと」

「なんで？　大切な人が傍《そば》にいなくなったら誰だって落ち込むよ」

那月は蓮根《れんこん》を口に放り投げ、シャキシャキ咀嚼《そしゃく》する。

嚥下《えんげ》すると同時に、俺の言葉の一部が引っ掛かったのか眉を顰《ひそ》めた。

「ていうか、罵倒されると思ってたって、あのねー。確かに私は悠太にねちっこく嫌味《いやみ》言った前科あるけど？　今の私は当人が話し合って出した結論を尊重しちゃうほど大人なんだよ」

「大人は自分のこと大人って言わない」

「言うよ！　絶対悠太もお酒飲みながら、俺たち大人になったな〜って感慨深くなるタイプのくせに！」

……図星だ。確かに何度か覚えがあった。

俺はすぐさま頭を下げて、「ごめんなさい」と那月を宥《なだ》める。

しかし那月はあくまで冗談だったらしく、気にした様子もなく口を開いた。

「まあいいや。悠太、礼奈から伝言があるんだけどね」

「え」

唐突の話題転換に声が漏れる。

——礼奈から？

俺の視線から何を感じ取ったのか、那月は頰《ほお》を緩めた。

「〝遠慮しないでね〟って。悠太くんにそう言えば伝わるって」

「遠慮……」

枕詞《まくらことば》には〝私に〟が入ってくるに違いない。

……遠慮か。遠慮していた訳じゃない。ただ俺は──

「ははん。こりゃ絶対解ってないな」

「何がだよ」

「さあ。……うん、時期尚早だったみたいね。私の判断ミスかなこれは」

那月は「困ったなぁ」と声を漏らし、ローストビーフ最後の一枚を咀嚼する。

数十秒沈黙の時間が続き、それを破ったのは那月だった。

「……悠太がこういう状態になったら言っておいてって頼まれたのよ。じゃないと二人でお酒なんて飲みませーん」

「ああ……そういうことか。なるほど」

那月に怒られるつもりで入店したからそれどころじゃなかったが、冷静になって考えてみれば、親友を振った男友達と二人でご飯に行くなんてかなり危ない橋だ。

それも今日の会が礼奈の了承済みというなら話は別になる。

場違いなのは承知の上だが、間接的に礼奈へ関わったことを嬉《うれ》しく感じてしまう。

それを自覚して、俺は思わず歯嚙《はが》みした。

「どう？」

「……いや。そもそもこういう状態ってなんだよ。落ち込んでるってことか？」

「あー、それもだけど……具体的に言えば、そうじゃないような」

那月はハイボールを飲み干して、店員を呼び出すベルに手をかける。しかし思《おも》い留《とど》まり、こちらに視線を戻した。

「礼奈の幻影に囚《とら》われてることだよ。今の礼奈は、そんなの望んでない。悠太は礼奈とずっと仲良い関係でありたいのかもしれないけど、今はお互い距離を置く期間なんでしょ」

「……何でも知ってるな」

那月はこともなげに肩を竦《すく》める。

「そりゃ親友だし。悪いけど、成り行きはかなり把握してるよ。どんな応酬があったかまでは訊かなかったし、訊いても教えてくれなかっただろうけど」

那月はそう言って、腰を上げた。

肩には鞄《かばん》を掛けて、退店の準備をし始める。

俺の表情から何を感じ取ったのか、那月は苦笑いした。

「ほんとはもうちょっと飲みたいけど、今日はこれが本題だったし。いつまでも二人きりで飲むのは、礼奈に悪いしね。止められてる訳じゃないけど、私の心情的に？」

「……分かってるよ。何も言ってねえだろ」

「言ってるようなもんだったじゃーん。この構ってちゃんめ」

「うっせ、そんなんじゃねえっつの！」

俺の反応に那月はクスクス笑って、レジ前に移動する。

那月なりに気遣って今日の場を用意してくれたから、ここは俺が払うべきだろう。しかし財布を取り出そうとした時、那月が言った。

「支払いカードでお願いしまーす」

「あ……あざす。あとで現金徴収パターンだったか」

それなら外に出てから二人分払おう。

そう思って退店すると、那月は手をふりふり振った。

「残念、私の奢《おご》りパターンです。これで今月『ハイキュー!!』のグッズを買えなくなりました～」

「いや、それは普通に悪いって」

後ろポケットに入れていた財布を取り出そうとしたが、那月に腕を掴まれ止められる。

「本当に大丈夫。今日が悠太にとって、幻影から離れるきっかけになるなら。悠太らしさを早く取り戻してよね」

「……幻影」

呟《つぶや》いた言葉が頭の中で変移して、あの日の光景をかたどった。

月明かりに照らされたアッシュグレーの髪に、薄紫色の瞳。

一ヶ月前、潮風に晒《さら》される東屋《あずまや》で、俺たちは——

……伝言を頼んでおいて、意識するななんて些《いささ》か無理のある話だ。

それでも、意図は伝わった。

礼奈を大切に想う気持ちと、自分らしさを余所《よそ》へ放り投げることは両立し得ないものなのだと。将来に向けて動き続けることが悪いのではない。忙しさを言い訳にして、過去の出来事を理由にして、大切な人たちとの関係性を犠牲にしている現状が、らしくないということ。

きっとそれが、那月の言う〝こういう状態〟だった。

そして礼奈が那月に判断を任せたのは、俺と那月が本物の友人関係であることを信じているから。

一歩先を進んでいく那月は、きっと最近の俺を見守ってくれていたんだろう。

感謝の言葉を紡ごうとしたが、一旦口を閉じる。今それを言うのは、少し気恥ずかしい。

「幻影って響きカッコいいな」

「あはは、私の旅団に入っちゃう？」

「遠慮しとく」

胸中を誤魔化《ごまか》すための軽口の応酬に、那月は口角を上げてこちらを振り返る。

ショートボブからセミロングへ変移しようかという淡い栗色《くりいろ》の髪が、ふわりと揺れた。

「もういつも通りになったかな。慰めた甲斐《かい》があったたね」

「慰めたとかストレートに言うな、恥ずかしいだろ」

「へ、変なこと言わないで！」

「そういう意味じゃねえよ！」

俺がつっこむと那月は目をパチクリさせて、クスリと笑みを溢《こぼ》した。

二人で無言のまま、駅へ歩を進める。

……かつて上辺に近かった那月との関係性も、今では本物になった。

那月の後ろ姿越しに、礼奈の姿が脳裏に過《よ》ぎる。

──一旦、離れるからな。

俺は最後の挨拶を済まして、夜空を見上げる。

涼夜に漂う秋月が、キラリと輝きを放った気がした。

◇◆◇◆

悠太と別々になってから、私は暫《しばら》く一人で歩いた。

街灯で明るい住宅街を歩きながら、スマホに指を走らせる。

ラインのトーク履歴。悠太の名前の下には、真由と彩ちゃんの名前がある。

「……礼奈もおせっかいだなぁ」

思わずそう呟いた。

礼奈の頼みで、真由にも同様の文言を伝えることになっていたからだ。しかも彩ちゃんには、礼奈本人が伝えるらしい。

真由には夕方、電話で伝えた。いつになく真剣な声色だった気がする。

悠太はピンときてなかったみたいだったけど、いずれ解《わか》る時が来る。

礼奈の頼みを受け入れた当初は、そもそも伝える必要があるのか懐疑的だった。

最近の悠太は一見重苦しかったけど、頑張ること自体は褒められるものだと思っていたから。私はまだあれだけ図書館に籠って何かを頑張った経験がないし、礼奈の頼みを聞くのは人の頑張りを妨げる行動になるんじゃないかという危惧があった。

それでも別れ際の悠太を見ると、伝えたのは間違いじゃなかったと思える。

きっと悠太は悠太なりの結論を出して、迷いや重苦しさを取り除いてこの先の道程を歩いていける。

だからきっと、彩ちゃんにも伝えたほうがいいのだろう。

私は熟考した末、礼奈に電話をかけた。

耳元でコール音が一回、二回と鳴る。

夜の公園は不思議と居心地が良く、無機質なコール音も情緒深いと思った。

きっと気のせいだろうけど。

『もしもし？』

「あ、もしもし礼奈。言われてた悠太へのミッション、ひとまずクリアしたよ」

カラッとした空気が肺を回る。

第一声で報告するのは、尚早だったかもしれない。

正直、礼奈の心にどれほど彼の残滓《ざんし》が在るのか分からない。

私の支えが足りているのかも、分からない。

『そっか』

短い返事だった。

続きがあると思って待っていたが、やがて今ので応酬が終わったのだと気付く。

「何か――」

――礼奈からの言伝《ことづて》、嬉しそうだったよ。内容云々《うんぬん》じゃなくて、純粋に礼奈と関われたことに嬉しそうだった。

……そう言いかけて、やめた。

悪戯《いたずら》に礼奈の心を揺さぶることはしたくない。その代わりに、一つ質問した。

「彩ちゃんにも同じ内容を伝えるの？」

『……うん。もう彩華さんも自分の気持ちを自覚してるし』

「悠太はそれ、気付いてないみたいだったけどね」

『……ううん。多分、内心分かってると思うよ。見ないようにしてるだけ』

「自信ありげじゃん」

『元カノですから』

冗談めかした口調だったけど、私は返答に窮した。

その声色に、まだ悠太という存在が色濃く残っているのを感じたから。

「……人間、人を振った後はその人のことを意識する。私もそうだったことある」

『え？』

「ほんとに諦めるんだよね？」

そう訊《き》いた後、私は唇を噛《か》んだ。

……我慢できなかった。

悠太には見栄《みえ》を張っちゃったけど、私は礼奈が振られた件についての詳細は知らない。

礼奈は「振られちゃった。でもどう振られたのかは教えません」なんて言ってきた。理由は「二人の思い出だから」というものらしい。

その心持ちは素敵だと思ったけれど、やっぱり思うところはある。二人の問題だって、重々理解してるけど。

礼奈は小さく息を吐いた後、答えた。

『いいんだ。私、決めたから。ここで決断を曲げても——きっと、私たちのためにならない。たとえ可能性があったとしても』

ほんの僅かに平たい声。

諦めというより、悟りを孕《はら》んでいるような色だった。

きっと礼奈はもう、彼との関係が深まる可能性があると考えていない。

私の推測は正しかったようで、礼奈は言葉を続けた。

『那月の言った悠太くんに意識させる行動はね、もう実行済み。それより……もっと過激なことも。やれることは全部やったから、復縁に関して悔いはないっていうのが本音かな。残念、ではあるんだけどさ。もちろん、うん』

そこで礼奈の言葉は途切れる。

私は慌ててフォローしようと、スマホを握り締めた。

『意地悪な質問。那月のばーか！』

「え⁉ フォローしようとしてたのに！」

『フォローとか言わないでよ！　もう次会った時ご飯奢ってもらうもん！』

「もんじゃない！」

返事をしながら、礼奈の強《したた》かさを如実に感じた。

礼奈は今、乗り越えようとしている。

きっとまだ時間が味方してくれるくらいの心境にはなっていないはずだ。

それでも自分が抜けた渦中の人たちを慮《おもんぱか》り、かつての恋敵に塩を送る。

きっと誰にでもできることじゃない。

……普通の友達ならそう賞賛して思考を止めるだろう。

私は親友。でもできることと言えば、礼奈と喋《しゃべ》って辛《つら》さを一時的に和らげることくらい。

だったら徹底的に一緒に過ごして、徹底的に忘れさせてあげないと。

──その為《ため》には、まず私自身が気持ちを切り替えなきゃ。

「ま、暫くは礼奈にぴったりくっついて離れないから。傷心につけこもうとする悪い虫を追い払ってあげる！」

陽気に声を張ってみせたら、電話越しにクスクスと笑い声が聞こえた。

『那月ってちょっと悠太くんと似てるけど、そういうところは違うよね』

「なにそれ、どーいう意味っ」

『……二人とも、人として好きって意味』

人として。異性としてではなく、一人の人間として。

ありふれる言葉の羅列は、きっと使いようだ。

たった二文字の言の葉を、そのまま伝えることは叶《かな》わない。だから彼に対してせめてもの感情を吐露する際は、今の枕詞《まくらことば》が必要なんだ。

「上手《うま》く誤魔化された気もするけど。ありがとね。……うん、ありがと」

『ふふ、なんで二回お礼？　そんなに嬉《うれ》しかったの』

「ま、そんなところかな」

私は笑って、夜空を見上げる。

……悠太。

悠太の分も、お礼言っておいたよ。

これから悠太は、きっと選択しなきゃいけない時がくる。

辛い選択になるかも。

逃げたくなって、心の内の感情から目を背けたくなるかも。

でも、悠太。

しゃんとしないと、許さないからね。

振られた礼奈が、こんなに頑張ってる。だから悠太も頑張って。

選んだ末に、かつての選択にケチをつける人がいるのなら。

あの人と結ばれるんだったら、礼奈との時間は結局偽物じゃないかなんて主張する人間がいるのなら。

あんたたち二人が過ごした時間は本物だって、私が証明してあげる。

だから、ちゃんと選んでね。

礼奈もきっと、それを望んでると思うから。

第2話　秋風

大学三年生の後期にもなれば、構内で顔を合わせる同級生は少なくなってくる。

真っ当に講義を受けてフル単を続けていれば、この時期には卒業単位を全て満たしてしまうのだ。そうして早々に卒業を決めた学生の中には、興味のある講義以外受けない人や、殆《ほとん》ど大学へ通わない人もいる。

四年分の学費を払っても、毎日のように通うのは二年半という期間のみ。

入学当時に同じ学部の先輩からその話を聞いた際は「なんて勿体《もったい》ない話だ」なんて感想を抱いたが、未《いま》だ卒業単位が足りない俺に物申す資格はない。

今の俺にできるのは、少しでも就活を楽にするためにこの後期をフル単で終えること。

そして就活の準備を進めることだ。

四年生まで時間割を詰め込まないといけないような状況では、就活に支障が出てしまう。

『start』の諸先輩の中にはもっと単位を取っておけばと嘆いている人がいたし、俺はそうならないように前期以上に気を引き締めて講義に出席しなければいけないのだが。

「くっそ！　アラームかけ忘れた！」

俺はボサボサの髪の毛を水で整えながら悪態をついた。

アラームが鳴らなければ、いくら気合いが入っていようが寝坊することもある。とはいえ二限目に遅刻するかもしれないなんて、自分を殴りたくなるほど情けない話だ。

午前九時五十分、朝陽《あさひ》が頂上を目指して昇り続ける時間帯。

超特急で支度を済ませた俺は、勢いよく自宅のドアを開け放つ。

ゴチーン！

……鈍い音が廊下に響いた。

続けて「いぎゃーっ⁉」という悲鳴。

住民に通報されかねない声色に慌てて顔を出してみると、後輩が尻もちをついていた。

「真由《まゆ》⁉　お前っ、なんでこんな時間に！」

思わずそう反応すると、志乃原《しのはら》はキッと俺を睨《にら》んだ。

「いつも通りですけど！　先輩が私を避けてるので、絶対在宅してるであろう朝に突撃しただけですけど！　ていうか何ですかその寝癖そのまま出掛ける気ですか正気ですか⁉」

志乃原は一息にそう喚《わめ》いてから、膨れっ面でこちらに手を差し出した。

尻もちをついた志乃原を起こしてやるか、先に返事をするか迷った末、ひとまず彼女の手を取る。

引き上げる際、志乃原の結ばれた口元が僅かに弛《ゆる》んだのは気のせいだろうか。

「寝癖はこれでもマシになった方だ。今から講義で急いでるから仕方ないんだよ！」

俺は事情を説明しながら、手早く施錠する。

その間に志乃原は自らのお尻をパンパンと叩《たた》き、軽い調子で言葉を返した。

「そうやってのらりくらりと避けようとしてるのは伝わってますけど、もう騙《だま》されてあげませんよ」

「いや、まじで今はそういうわけじゃ――」

「ダウト！　嘘《うそ》だ嘘だ！」

志乃原はブンブンかぶりを振って、俺の行き先を通せんぼした。

普段なら無理やり隙間を縫って突撃するところだが、志乃原の主張はもっともだ。

俺は心の整理ができるまで、志乃原を意識的に避けていた。今回は正面から志乃原に謝る必要がある。

そう思案していると、志乃原がグイッと詰め寄ってこちらを見上げた。

「先輩、ほんとにほんとのほんとなんですか？」

彼女の大きな瞳にはこちらの胸中を見透かそうとするような光が宿っており、俺は思わずたじろいだ。

「どうなんですかっ」

「それは……」

振った直後から志乃原や彩華《あやか》と今まで通り過ごすのは礼奈《れいな》に申し訳ない——そんな気持ちを持って接するのは、二人にも失礼。

そして自分を想《おも》う大切な人から離れたという現実と向き合い、一人で成長していくのが、礼奈に対しての真摯な対応だと結論づけていたのは事実だ。

だがその理論で進むと、「そろそろ礼奈も俺を忘れてきただろう」「俺も成長できただろう」なんて独りよがりな思考で周囲への態度を一変させることになる。その方が些《いささ》か失礼な話だと、今なら解《わか》る。

——遠慮しないでね。

礼奈がこんなにも分かりやすい許可証を用意したのは、俺の一人で考えすぎる性根を深く理解していたからに他ならない。……普通ならそんな許可証は用意しないから。

恐らく、人との関係を深めることは悪じゃないと改めて伝えるため。

俺の異変を志乃原や彩華も十中八九察していたはずだ。無理に干渉しようとしなかった彼女たちに、今更ながら感謝の念が湧いてくる。

皆《み》んなの優しさが漸《ようや》く伝わるなんて、少し遅すぎるけれど。

「……昨日まで、ごめんな。今からは、ほんとにいつも通りだから」

先ほどの問いへの肯定と捉えられる返事に、志乃原は微笑した後に頷《うなず》いた。

「分かりました。やっと何かに吹っ切れたんですね、先輩」

志乃原は塞いでいた進路から退いて、スペースを空けた。

俺は控えめに頷いてから、二人並んで歩を進める。

身体《からだ》を紅《あか》く染めた葉っぱが舞って、眼前にヒラリと着地した。

「……先輩」

「ん？」

「今日からまた先輩の家に入り浸りますからね」

「……そうか」

短く返事をすると、志乃原はコクリと頷く。

そして立ち止まって、廊下から景色を見渡した。

お互い言葉を発しない。

久しぶりの邂逅《かいこう》だからか、沈黙の時間が少し手持ち無沙汰に感じる。

「……つーか顔合わせてなかっただけで、家には来てくれてただろ」

俺の発言に、志乃原はツンとそっぽを向いた。

「先輩がいなきゃ意味ないですもん。別に私、暇潰しでここに来てる訳じゃないんですからね」

――部活も辞めて、遊動《ゆうどう》先輩とも別れて今暇なんですよ。

思い返せば、家に通い始めた当初はそんな発言があった。

今ではもう懐かしくもある。

しかし梅雨時に、自分が変わるために距離を縮めたかったという打算的な思考の存在を告白された。同時に、すぐにその打算的な思考回路は排除されたとも。

その理由は、真由が俺自身の人柄を好いてくれたから。

「……ありがとな」

こんな俺に、とは言わない。

自分を卑下するような発言は、あいつに悪いから。

「何に対してですか？」

志乃原は口元を緩めて、小首を傾《かし》げた。

……この小悪魔のような表情、久しぶりに見たような気がする。

実際こうして対面するのは海旅行以来なので、久しぶりなことには違いない。

それが理由かは不明瞭だが、志乃原の表情一つがやけに眩《まぶ》しく感じてしまう。

「いや……その、作り置きとか。美味《うま》かったよ、もう全部食っちまった」

結局俺は後頭部を掻《か》いて、当たり障りのない返答で済ませた。

期待していた内容ではなかったためか、志乃原は一瞬口を尖《とが》らせる。しかし思い直したように、コホンとわざとらしく咳払《せきばら》いした。

「気にしないでください。私も私で、先輩の好感度を稼ぐためにあらゆる手を使いたいですから」

「だから何から何まで言葉にするなっての」

俺は苦笑いで答えてから、再び歩き出す。

瞬間、紅葉で身を黄色に染めた木々たちが秋風で揺れる。

擦り合う葉たちがザワザワと音を鳴らし、俺たち二人を秋の香りで覆っていく。

葉の香りは本当に微《かす》かなもので、普段なら気に留《と》めないだろう。

しかし今は季節の移ろいを感じて、少し香りを愉《たの》しんだ。

志乃原も似たような感情を抱いたのか、無言の時間が過ぎる。

今度の沈黙は、何故《なぜ》か心地良い。

地上に降り立つと、不意に志乃原が口を開いた。

「私、先輩と一緒にいるのが楽しいです。先輩はどうですか？」

素直に答えるか、少し迷った。

だが久しぶりの対面となると、下手に取り繕うのは避けた方がいいだろう。

「俺も楽しいよ」

答えを聞いて、志乃原は満足げにニッコリした。

「……なので、最近はちょっとつまんなかったです」

「……そっか。悪い」

「だから先輩、私もう逃がさないですからね」

また秋風が吹いた。

志乃原の発言へ反応する前に、俺の腕に温かく、同時に柔らかな感触が伝わる。

後輩が俺の腕を手繰り寄せ、身を預けたのだ。

「お、おいくっつくな！」

「ヤです！　最近の分を充電するまで放さない！」

振《ふ》り解《ほど》こうと腕を上下に動かした途端あらゆる角度から柔らかさが伝わったが、何とか脱出して志乃原から距離を取る。

「やめろ、こういうのは！」

「えー！　じゃーどうやって充電すれば！」

今にも再度しがみついてきそうな志乃原から距離を置きながら、俺は脳みそを回転させる。

……充電か。

志乃原の言う充電が何を指すのか、それが分からないほど鈍感ではない。

そして俺も、この後輩と過ごす時間はとても楽しい。

丁度最近は睡眠時間を削ってまで頑張り続けていたので、一日くらい息抜きしたってバチは当たらないはずだ。

「休日の時間がもし合ったら、どこか遊びに行こうぜ」

「え？」

志乃原が目をパチクリさせて、動きを止めた。

……特に思考しないまま発した言葉だったが、冷静になってみれば俺からこんな誘い方をしたのは初めてかもしれない。

これではまるで――

「先輩、今なんて言いました？」

「え、いや」

「先輩！」

志乃原が俺の肩をムンズと摑《つか》んで、目をキラキラさせている。

大きな瞳の奥に星空が広がった錯覚に、俺はぶんぶんかぶりを振った。

「さ……最近風が涼しくなったなって」

「え⁉　私全く違う言葉が聞こえてきたんですけど！　ほら先輩もう一回！」

……内容は既に把握済みで、改めて誘わせようとしているだけのようだ。

いざ同じ言葉を繰り返そうとすると正直気恥ずかしいが、先に待つ息抜きのために口をこじ開けた。

「時間が合ったらどこか行こうぜって言ったんだよ。お互いバイトとかサークルとかあるし、俺もインターンとか諸々《もろもろ》で休日被《かぶ》る日ってもう殆《ほとん》どないけど」

「せ、先輩……」

「……や、やっぱ家とかの方がいいか？」

「ふ、ふふふ。ふふふふ……」

……怖い。

俯《うつむ》いているせいで顔はハッキリ見えないが、目の錯覚でなければ志乃原の口角は吊《つ》り上《あ》がっていた。

俺は思わず後退《あとずさ》りしようとしたが、志乃原による拘束から逃れられない。

変な笑いが漏れるほど俺からの誘いが嫌だったというのは考えづらいものの、このままでは埒《らち》があかない。

奇妙な笑い声を漏らす後輩に対し、俺は心にもない言葉を発することにした。

「なあ、嫌なら嫌で全然いいぞ。俺も就活進められるし、気遣わないでくれ」

「え。……いや、ちが、違くて。全然嫌とかじゃないですよ!? 先輩って一日中動き回るような性格じゃないので、予想外で。それがまた嬉《うれ》しくて、あれ？」

自分の胸中を上手《うま》く言語化できないのか、志乃原はしどろもどろになる。

しかし言質《げんち》は取れたので、俺は無理やり志乃原から離れた。

「あっ。もう、なんで逃げるんですかっ」

「暑苦しい」

「ひど!?」

十分前までは予想だにしなかったような急展開になり、実際身体は熱を帯びている。

「でも先輩、大丈夫なんですか？　就活とか、そういうのってまだ私想像できてなくて。無理させちゃうなら不本意です。でもちょっとは無理してほしいです」

「どっちだよ。……まあ、就活なんていくら時間があったって困らないなーとは思うから。たまには気分転換も悪くないだろ」

その返事を聞いた瞬間、志乃原の顔は膨れっ面から溌剌《はつらつ》とした笑みに切り替わる。

「了解です！　じゃあ再来週あたりを目処《めど》に、スケジュール調整しておきますね」

コロコロ変わる表情に思わず釣られそうになって、俺は自分の頬《ほお》をペチンと叩《たた》いた。

「おっけ。再来週あたりに、時間が合ったらな。……その頃には九月も終わりかけか」

「早いですねー。あっという間にハロウィンですよ。時間過ぎるのが早すぎて怖いです」

そう言いながらも、志乃原は首元を手でパタパタ煽《あお》ぐ。

まだまだ暑いこの季節。先程の言い訳も、恐らくバレていないはずだ。

「先輩？　聞いてましたか、私の御言葉《おことば》」

「聞いてるよ。このまま社会人まっしぐらだなって考えてた」

「御言葉がスルーされた……」

志乃原なりの冗談だったのか、がっくりと項垂《うなだ》れる。

しかしすぐに顔を上げて、言葉を返した。

「ていうか先輩って、私より早く卒業しちゃうんですよね。今更ですけど」

「そーだよ。だから今就活してるんだ」

仮に俺が大学二年生なら、どれだけモチベが高くても今のようには動いていないはずだ。

社会人に向けて動くことも大事だけれど、大学で過ごす時間だってきっと掛け替えのないものだから。

志乃原は俺の返答に「ですよね」と苦笑いして、言葉を続けた。

「嫌じゃないんですか？　社会人になるの」

「んー……」

今それを憂えていては就活なんて先んじてやっていられないので、あまり考えないようにしていた。

だが改めて思考を巡らせると、そこまで絶望感がある訳ではないことに気付く。

志乃原も俺の表情で何か察したのか、目を瞬かせた。

「先輩、そんなに嫌そうじゃないですね」

「そう見えるか？」

「はい。出会った頃の先輩なら、もっと絶望感に溢《あふ》れた声出してましたよ。絶対！」

「なんだそれ」

俺は苦笑いして、再び歩き始める。

志乃原はトコトコ隣についてきて、恐る恐るといった様子で口を開く。

「もしかして、あれですか。最近私を避けてたのって、私が就活の邪魔——」

「ちげーよ。俺の問題だ」

「ほ、ほんとですか」

「おう。だから変なこと考えんな。……まあ避けてた手前、何言っても信じてもらえないかもしれないけど」

俺は頭をガシガシ掻いて、再度志乃原に向き直る。

——久しぶりに、志乃原の頭に手をポンと乗せたい衝動に駆られた。

後輩を安心させたいという気持ち。

その他にも、何かが脳裏に蠢《うごめ》いている。

単純明快なものではなく、もっと混濁した思考だ。

頭の中で見知った顔や情景がぐるぐる渦巻く。

後輩。元カノ。友達。親友。就活。単位。バイトや家族、サークルの先輩——

……俺は頭が一杯の現状から脱したいのだろうか。その現実逃避のために、志乃原の頭に触れようとしているのか。

俺はほんの僅か逡巡《しゅんじゅん》した後、やがて力を逃した。

こんな思考の末に置かれた手なんて、志乃原はきっと払《はら》い除《の》けたいだろう。

この後輩が求めているものは、恐らくもっと単純な思考だ。

肩に掛けていたトートバッグを手に提げて、俺は歩き始める。

やはり慣れないくらい日々動き続けていたのと、志乃原と喋《しゃべ》るのが久しぶりという二つの要因で、上手く思考を言葉に乗せられていない気がする。

急激に忙《せわ》しなくなった毎日に頭が疲弊してしまったのだろうか。

その気になれば就活やバイト、サークルに費やす時間なんていつでも減らせる。

しかし今気を緩めると、すぐに停滞してしまうという確信があった。

俺はいつも無意識に何かしらの理由をつけて停滞を良しとしてきた。

今まで停滞した時は、誰かが背中を押してくれていた。

背中を押してくれる人間がいない状況になったら、俺は——

だから大人になる直前の今だけは、甘えてなんていられないのだ。

きっと俺は自分一人で答えを導き出した経験が少ない。知らずに近しい人の意見や影響を色濃く受けて、ようやく地面に立つことができている。それでも簡単にぐらついて、運良くぐらついた先に支えてくれる誰かがいた。

いつでも自分の意見を持って、芯をブラさず行動できる人間なんて稀《まれ》だ。

少なくとも俺はそっち側じゃない。

確固たる芯を持たない俺のような人間が、己の芯を確立する過程――それが〝大人になる〟という言葉に形容されているのかもしれない。

そして大人になる時期は、もうすぐ傍《そば》まで迫っている。

だから俺は、無理をしてでも。

「先輩、なんだか今日は思い詰めてますね」

「え？」

茶色の髪が近付いてきて、両の手が後頭部に触れた。

視界が急落する。

甘い香り。

同時に顔全体を包む豊満な感覚。

「よーしよし。先輩、落ち込んだら私がいつでも慰めてあげますからね」

「だ、だからこういうのは――」

「いいじゃないですか。先輩、私のことを大切だ、大事だって言ってくれたじゃないですか」

「確かに言ったけどな……」

観覧車の中。曇り空の下で、明美《あけみ》について話した時。

かつて何度も明言したことで、気持ちは一切変わっていない。

だがそれがこの状況に直結するかと問われたら――

疑問に答えを見出《みいだ》そうとした瞬間、先んじて耳元で囁《ささや》かれた。

「大切な人を守るって、男子だけの役割じゃないんですよ。私だって頼ってほしいんです。私、先輩のためなら何だってしちゃいますよ？　ほんと、何でもです」

志乃原が更に引き寄せる。甘い香りや弾力が、俺の思考を溶かしていく。

「先輩が望むなら――というより、私が望んでるんですよ」

「俺が真由を守れたことなんてあったか？　そんな危機自体……」

「ありますよ。クリスマスの時だって、明美先輩の一件だって、先輩は私に真っ直《ます》ぐ意見をぶつけてくれました。私の心が救われたんです。先輩のことを悪く言うのは、たとえ先輩であろうと許しませんから」

側頭部を両手で摑まれて、ムンズと引き上げられる。

志乃原の身体《からだ》に触れたのは、一度や二度じゃない。

彼女の匂いは、もう脳が記憶してしまっている。

De

本能が俺にもう一度飛び込めと言ってくる。

俺は理性で何とか抑えて、重い視線をおもむろに上げた。

目と鼻の先に、志乃原の薄ピンクの唇。

そして濁りのない大きな瞳が、こちらを真っ直ぐ捉えている。

微睡《まどろ》むような夢から覚めても、大切な現実が目の前にある。

「私も、先輩を頼るので。お互い支え合っていきましょう」

「……そうだな。これまでもめっちゃ頼ってたけどな」

晩御飯や掃除など、〝サンタの恩返し〟をきっかけに沢山のことをしてもらった。

俺も志乃原の助けになれているのなら、これからも支え合えるのかもしれない。

「むふふ、いいですよ。ぜひ私に依存しちゃってください！　年下ですけど、下手したら先輩より頼りになる人間ですよ私！」

「依存はしないって。つーか一言余計だわ！」

「えへへーすみません」

照れたような笑み。

そして何を思い至ったのか、自身の膨らみを両手で押さえる。

「そういえば、今度は暑苦しいって言わなかったですね。そんなに良かったんですか？」

「……もう九月だからな。涼しい風が吹いてたから、大丈夫だったんだよ」

「あはは、そういうことにしてあげます。ほんと先輩は先輩ですね〜」

志乃原は横髪を耳に掛けて、「でも確かにちょっとは涼しいかもです」と付け足した。

耳で気温を測るなんて動物みたいで可愛《かわい》いな、と思ったが褒め言葉にはならなそうなので胸に留《とど》めておいた。

「それにしても、ほんっと季節が巡るのって早いですね。早く二十歳にはなりたいですけど、それ以降は止まっててほしいです！」

志乃原がガバッと空に両手を広げて、念を送るような仕草を見せる。

心の動揺を誤魔化《ごまか》すためにわざと無邪気に振る舞っているのだろう。

先ほど見えた赤く染まった耳が、きっと俺の推測を証明している。

「ハロウィンの次といえば、クリスマスか」

「そう、クリスマスです。去年のクリスマスは散々でしたね」

合コンのことを想起して、俺は苦笑いする。

「まあな。でも——」

「まーまー、先輩。過去のことを考えるのも良いかもですけど、まずは目の前の幸せですよ！」

「……良いこと言うな。目の前の幸せか」

目の前の幸せといえば、この日常だろうか。

そういえば、俺の日常に足りないものが一つある。

就活や講義を理由に不参加が続いていたが、そろそろ参加しなくては。

「そうです！　それは目の前にいる、私のような――」

「今日久しぶりに体育館に顔出すつもりだけど、真由も来るか？」

「可愛い――先輩、話遮らないで！」

「悪い悪い。んで、来るのか来ないのか」

「そんな簡単に流してくるなんてほんとつれないですね!?　つれないつれない、さっきまでのシュンとした先輩はどこにいっちゃったんですか！　あれ、でも先輩から誘ってもらうのってちょっと嬉《うれ》しいような。えへへ」

「情緒不安定か!!」

確かに以前はこうして自分から誘う頻度は低かったように思える。

志乃原は大抵勝手についてきて、マネージャーとして支えようとしてくれて。

紛れもなく掛け替えのない存在となった後輩を見ると、何だか感慨深くなってくる。

しかし志乃原は突然仏頂面になって言葉を放った。

「あれ、待ってください。私、サークルには毎週行ってるんですよね。むしろ今は最近不参加続きの先輩を誘う側なんですよね。ていうか美咲《みさき》さんからの〝悠太《ゆうた》を連れて来て〟って副代表命令を何とか誤魔化してる状況なんですけど、そんな先輩が我が物顔で私を誘うのって一体どういう了見なんでしょう」

「ごめんなさい本当にすみませんでした」

　感慨深い気持ちは吹っ飛んで、代わりに謝罪が口から漏れる。

　ちなみに本心からのガチ謝罪だ。

　立ち止まって深々頭を下げた俺に、志乃原は慌てたような声を上げた。

「冗談ですよ。そんなに真剣に謝られると私が休んだ時が怖いです」

　志乃原の声色に怒気が孕《はら》んでいないのは分かっていたが、手間をかけさせたなら謝る他にない。

　しかし次の一言で、今しがたのやり取りは頭から吹っ飛んだ。

「ていうか先輩、講義遅れそうなんじゃなかったんですか？　あ、もしかして私と話す時間を優先してくれてるんですか？　やだなぁ先輩——」

「うわやばい走らなきゃ‼」

「え⁉　置いていかないでください、ていうか今日全然最後まで話聞いてくれないじゃないですか！　久しぶりなんですからもっと相手してくださいよ！」

「講義優先だ、行くぞ！」

　速度を落として、走り続ける。

　志乃原は後ろから文句を口にしながらも、付いてきてくれる。

背中に志乃原の存在を感じ取りながら、俺は一つの思いを馳《は》せた。
先ほど言い損じたことがある。
去年のクリスマスは散々でしたね、という言葉への返事。
──でも俺たちは、クリスマスシーズンに出会えたろ。
今思えば、言わなくてよかったかもしれない。
今の俺から出る言葉は、意図せず棘《とげ》を孕むことがある。
人を傷付ける類の棘じゃない。
もっと大きな──日常を壊しかねない、鋭利な棘。
壊すわけにはいかない。
現状が歪《いびつ》な関係性で出来上がっていても、俺たちにとってはきっと幸せな日常だから。
たとえその日常に終わりが近付いていようとも──今はまだ。
「先輩！」
「なんだ！」
「私、先輩とのデート楽しみです！」
デート。
きっと今までの俺なら、それを否定したのだろう。
だけど、今は。

第3話　違和感

九月中旬。響きは秋を彷彿《ほうふつ》させるものの、未《いま》だに真夏日になる頻度が高い。

九月なのに暑いなんて感想を一日に何度も抱いてしまうのは、場所を変えるたびに異なる熱気に包まれるからだ。

家から外へ出た時、外からエアコンの効いた室内に入り、また外へ出た時。

そして、何十人もの人間が運動に励む大きな箱に足を踏み入れた時。

例に漏れず、サークル御用達《ごようたし》の体育館は蒸すような熱気に包まれていた。

ワックスの手入れが行き届いた床からは絶え間なくキュキュッという音が鳴り、バスケサークル『start』の面々がコート内で躍動する。

風通しの悪い体育館で激しい運動なんてしようものなら、身体中《からだじゅう》から底なしの汗が噴出するのは必至だ。

海水浴の後よりも段違いに不快なベタつきに襲われるのを承知の上で運動するなんて、此処《こ こ》にいる皆《み》んなはかなりのマゾヒストだと思う。

しかし、かくいう俺も身体を動かせば悶々《もんもん》とした気が晴れる。似たような人間が集まるのが、このサークルという訳だ。

コート脇で水分補給をしながらそんな取り留《と》めない思考を巡らせていると、聞き慣れた声が俺を呼んだ。

「おー、サボり魔」

「ん」

額から流れる汗を拭って、声の方へ振り返る。

サークル代表の藤堂《とうどう》が、ニヤニヤ顔で近付いてくるところだった。黒髪のセンター分けが映える端整な顔に、手を挙げて応える。

「おひさ。何やってたんだよこの一ヶ月」

「久しぶり。就活の準備とかかな」

「なるほど、ほんとは？」

「精神統一」

「真面目に答える気がないのは分かったよ」

藤堂はプッと吹き出して、前髪をかき上げた。海水浴の時より更に髪が伸びているが、運動中のためかヘアピンはしてないようだ。

俺の視線で察したのか、藤堂は「ヘアバンドにしようと思ったんだけど、蒸れるんだよな」と笑った。

「そうか、まあヘアピンとかは危ないしな。……つーか、さっきの返事は割と真面目だったぞ。普通に就活の準備進めてた」

念のために再度発言してみると、案の定藤堂は疑いの目を向けてきた。

「ふーん、まあ確かにそろそろ就活の準備もやんなきゃだけど。悠は今の状況で集中できたのか？」

「できたぞ。この一ヶ月で、周りよりかなり進んだ自信ある」

「へえ。どこかインターンとか決まったり？」

「まあな。十一月から十二月にかけて、大手の二社だ」

「お、まじか。やるじゃん」

俺の返答に、藤堂は意外そうに目を丸くした。若干失礼な話だが、今までの言動を考慮すれば当然の反応だ。

「……悠は頑張る理由に捉えたってことか。安心したよ」

「え？」

「あの人が来なくなったのは、そういうことだろ」

一瞬だけ、体育館から音が消えた気がした。

ボールの跳ねる音や声援、足音の全てが意識の彼方《かなた》へ霧散して、俺は唾を飲み込む。

「……なんでもお見通しか」

那月《なつき》に続いて、藤堂までも。

海水浴場での応酬から、礼奈《れいな》との一件を把握されているかもしれないとは思っていた。

しかしいざハッキリ言葉にされたら、些《いささ》か反応しづらいものがある。

返答に窮する俺を見かねたのか、藤堂はかぶりを振った。

「あのな、多少親しければ分かるっての。大輝《だいき》が察するくらいだから、志乃原《しのはら》さんだって多分余裕で気付いてるぜ」

「なんでそこで志乃原が出てくんだよ」

「本気で言ってんのか？」

藤堂は肩を竦《すく》めて、若干呆《あき》れたような声色を出す。

そして前髪をクルクル弄《いじ》ってから、小さく息を吐いた。

「……ま、今のは聞かなかったことにしてやるよ。俺が何言いたいのか分かってるだろうしな」

……恐らく、分かっている。

だが此処でそれを確認しようとは思えない。

この感覚を消化しきれていない現状下で、第三者に見透かされるのは臆してしまう。

せめて自分の中で道筋を立ててからじゃないと、誰かの意見に影響されかねない。これだけは一人で結論を出すべきだと、心の中の自分が言っている。

藤堂も俺の性分を承知済みだからか、それ以上は言及することなく試合観戦に視線を戻した。

必要以上に深入りしない藤堂に内心感謝しながら、俺も選手たちのプレーを視線で追う。

するとすぐに、大輝が目についた。スポーツ刈りを金に染めた大輝は、吹っ切れたような笑顔でボールを追いかけている。

そんな彼を見守る存在が、コート脇に一人。

俺たちと対岸側に位置するベンチで、副代表の美咲《みさき》が彼に熱のある視線を送っている。

美咲の表情を見て、俺は先月の情景を想起した。

「あの二人は？」

何気なく送った質問に、藤堂はあっさり答えた。

「あー、先週付き合い始めた」

「へ⁉」

思わず仰け反《のぞ》ってしまった。

俺の反応に、藤堂はクックックッと肩を揺らして笑う。

「そんなに驚くことか？　傷心中に言い寄られたら、クラッときても不思議じゃないだろ」

「いや……まあ、言われてみればそうだけど。琴音《ことね》さんは――」

海水浴場で、大輝は数年想《おも》い続けていた琴音さんに振られた。

俺と藤堂が大輝本人からその際のことを聞いたのは、つい先月の話だ。

「琴音さんからしたら結構複雑だろうな」

自分に好意を抱いていた異性が、一月と経《た》たずに他の誰かと交際する。もしかしたら琴音さんは、大輝に対して思うところがあるかもしれない。

しかし、藤堂は首を傾《かし》げた。

「どうかな。まあどっちにしても、責められるもんじゃないだろ。振るって答えを出したのは琴音さん自身だし、美咲だって大輝に振られるのを覚悟でアタックしたんだ」

藤堂は淡々とした口調で言葉を続ける。

「あの人が複雑な気持ちになってたとしても仕方ないけど、大輝と美咲さんの関係に口出す資格はないと思うぜ」

……正論だ。

しかし、彼にしては辛辣にも思える内容だった。

俺は少々驚いて、目を瞬かせる。

「会わない内に、悠も似たような状況になってるかもって考えてたけど。その様子じゃ、全然違うみたいだな」

「俺が？」

「うん。ま、美咲の気が強いだけって説はある」

……礼奈との一件を言っているのだろうか。

東屋《あずまや》でのやり取りは心に深く刻まれている。藤堂が懸念するほど中途半端な決断ではないが、第三者に伝えるのは難しいのだろうか。

どう返事しようか思案していると、藤堂は再び前髪をかき上げた。

「悪い、意地悪な発言になっちゃったな。あくまで一般的に見て、可能性の話だよ」

藤堂の視線が僅かに揺れた。

その表情がどこか暗い気がして、違和感を覚える。

「美咲は大輝を勝ち取った。でも、あいつらはこれからだ。普通のカップルよりもちょっぴり険しい道かもな」

「……傷心中に出来上がった関係性だからか？」

発言の意図を探っていると、藤堂は言葉を続けた。

「付き合うのがゴールなら、恋愛に苦労なんてないぜ。悠もそれはよく分かってるだろ」

「……まあ、それはな。だから二人が仲良くできるように、できることはしてあげたい」

「いや、まずは自分のことだって。自分を完璧にしなきゃ」

自分を完璧に——確かに彼ほどのルックスや人望があれば、その結論にも至るだろう。

しかし俺は藤堂の声色に別の色を感じ取った。

まるで、自分に言い聞かせるかのような。

「藤堂の方は順調なのか」

そう訊《き》くと、藤堂の表情が硬くなる。

普段より明け透けな言葉が多いと思っていたが、勘は当たったようだ。

「……微妙」

「だろうな」

「なんだ、バレてたのかよ。恥ずいなおい！」

先ほど藤堂が俺の近況をお見通しだったのと同じように、俺も友達の顔色は把握できる。

そのあたりは、きっとお互い様だ。

「バレバレだって。藤堂、彼女とは結構長かったよな？」

俺の問いに藤堂は苦笑いしてから、その場で屈伸し始めた。

その行動で心の内の動揺を打ち消そうとしているのが伝わってくる。

藤堂は彼女とずっと仲睦《むつ》まじい印象があった。

もしかしたら、拗《こじ》れたのは直近のことなのかもしれない。

「もうすぐ二年半だな」

「うお、すげえな。もうそんなに経つのか」

思わず場違いな感想が口から漏れた。

微妙な状況と言われたばかりなのに、些か浅慮な反応をしてしまった。

だが藤堂は僅かに嬉《うれ》しそうな笑みを浮かべて、近くに転がっているボールをバウンドさせる。

「長いだろ。……多分、俺らが高校生ならまだまだ上手《うま》くいってたはずなんだよ」

「え？」

「悠も、きっと分かる。二十歳を越えた後の恋愛と、それ以前の恋愛の違い。……分かるような状況にはならない方がいいかもしれないけど」

藤堂はそう言って、試合に視線を流した。

しかし試合の流れは彼の視界に入っていない。藤堂の瞳には、きっと恋仲である彼女との情景が映っている。

「何があったんだよ」

藤堂はほんの少し眉を動かして、息を吐いた。

「ま、就活がきっかけでちょっとな。大企業を目指してほしい彼女と、ベンチャー企業に行きたい俺。大学を卒業したら一、二年で結婚したい彼女と、四、五年は独身でいたい俺」

「……価値観の違いってやつか」

俺が呟《つぶや》くと、藤堂は不意に吹き出した。

「いや、ごめん。〝価値観の違い〟なんて、子供の頃は芸能人の言い訳にしか聞こえなかったなって思うと、おかしくなっちゃって」

幼少期は芸能界のゴシップニュースでよくその単語を耳にした。

言われてみれば、あの頃は好き合っていれば価値観なんてどうだっていいじゃないかと本気で考えていた気がする。

「やっぱこの年齢になると、価値観は共通してた方が長続きするのかね」

「良《よ》し悪《あ》しはおいといて、長続きはしやすいんじゃないか。揉《も》める理由が一つ少なくなるってことだし」

「夢のない話だな」

「そこは悠が一番分かってるだろ」

……俺は、価値観の違いで別れたといえるのだろうか。

想起したら該当するエピソードが沢山あるだろうけれど、別れた理由は価値観どうこうではない。

そして仮にそうであっても、礼奈と過ごした一年をその単語で片付けるのは嫌だった。

しかし一旦の終わりを迎えた関係性は、いつだって一言で済ませられるのが道理。

せめて肯定の返事はすまいと、俺は唇を噛《か》み締《し》める。

「笑うとこかよ」

屈伸を終えた藤堂は俺の様子を横目に見てから、床に腰を下ろした。

「……悠はどうだ？　恋人は価値観の似た人がいいか。それとも、全然似てない方がいいか」

「んだよ、藪《やぶ》から棒《ぼう》に」

そう返事をしながらも、俺は思案した。藤堂からの質問なら、なるべく素直な答えを出したいと思う。今の藤堂は、恐らく俺の答えを通して自己分析をしようとしている。

藤堂の助けになるなら、話すことに抵抗はない。

俺は藤堂の隣に座り込んで、立てた膝に頬《ほお》を預けた。

「……どっちも良いなって思う。どっちでもいいじゃなくて、どっちも良い」

「……その心は？」

「価値観が似てたら、さっき言ってたように変なイザコザも無くなりそう。でも価値観が似てなくても、色々学べそうだなって」

俺の言葉に、藤堂は前髪を弄りながらおうむ返しをした。

「学ぶ？」

「ああ。勉強とかじゃなく、人として成長できるって意味な。……まあこんなの、その人と付き合ってみなきゃ分かんないことだろうけど」

礼奈と付き合った時は、色んなことを学んだ。

それはきっと俺たち二人の価値観が大きく異なっていたことも要因の一つ。俺自身、心底あの時代を経験して良かったと思っている。

胸が張り裂けそうになったり、自分の行いが失敗だったと判《わか》ったり。一度も失敗せずに、スマートな人生を送れたらどれ程良いことか。しかし俺は失敗しなきゃ気付けないタチなのだと、礼奈と過ごした時間の中で嫌というほど自覚した。

だったら、価値観の異なる人間から色々学んだ方が良いという気もしてくるのだ。

「……勉強ね。今の俺からみれば、別れないのが一番って答えしか出てこないな」

藤堂に似つかわしくない重苦しい口調が、やけに耳朶《じだ》に響く。

その時だった。

「なんだ？」

体育館の入り口付近が、若干ざわついている。

思考を巡らせている間に試合は終了したようで、皆《み》んな各々の時間を過ごす最中だった。

藤堂は腰を上げて、その場で二回ジャンプした。

「……よっと。悠への客みたいだな」

「へ、俺？」

「おう。あんま見せびらかすなよ、今日の俺は目の前でイチャつかれると荒れちゃうぜ」

「どういう……」

口角を上げる藤堂へ訊こうとした時、人混みから見慣れた影が現れた。

手入れの行き渡った絹のような黒髪を靡《なび》かせるのは——彩華《あやか》だ。

彩華は俺の姿を視認すると、迷いなくこちらへ近寄ってくる。

「お前が呼んだのか？」

小声で訊くと、藤堂は頷《うなず》いた。

「先月の旅行が終わった時にな。皆んな喜ぶから、いつでも来てくれって誘ってたんだ。全然来ないから社交辞令に捉えられてると思ってたけど、まさか今日来るなんてな」

そう答えて、藤堂はグッと身体《からだ》を伸ばす。

彩華がこちらへ辿《たど》り着いた時、後ろには男子の何人かが付いてきていた。皆んな彩華に喋《しゃべ》りかけるか迷い中のようだ。

藤堂はそんな男子たちの肩に手を置いて、コート脇に連行していった。男子たちは「やっぱ俺ら邪魔？」などと笑いながら、大人しく去っていく。

気を遣ってくれたのだろう。

彩華も同じことを思ったようで、「申し訳ないわね」と漏らした。

しかしすぐに気を取り直し、俺に目をやる。

そして暫《しばら》く俺の顔を見つめた後、小さく息を吐いた。

「……なるほどね」

「何がだよ」

思わずツッコむと、彩華は苦笑いを浮かべた。

「ごめん、こっちの話。……あんた、今日練習後に予定ある？」

どうも釈然としない。

しかし即刻言及するほどの違和感でもなかったので、素直に答えることにした。

「特に約束とかしてる予定はないな。バイトもないし」

「そう。じゃあ後で時間空けてほしいんだけど、よろしくね」

拒否権が用意されていたか分からないような文言だったが、断る理由もない。

俺は大人しく頷いて、先程気になったことを訊いた。

「今日が活動日ってよく知ってたな。藤堂から九月分の予定表でも共有されてたのか？」

「真由《まゆ》から聞いたのよ。渋ってたけど、無理やり」

「む、無理やり……」

海旅行の際も感じていたが、彩華は志乃原に対して素の性格を殆《ほとん》ど曝《さら》け出している。

ということは、今しがたの言葉も嘘《うそ》偽りない訳だ。俺は心の中で志乃原に合掌した。

「なによ、失礼な顔ね」

「え、俺どんな顔してた」

「いつも通りの顔」

「あれ、いつも失礼な顔してるってこと？　何で言ってくれなかったの？」

「面倒だから」

「否定しろ!!」

思わず喚くと、彩華はいつも通り軽快な笑い声を上げた。

薄くグロスを塗られた唇が艶やかに光り、俺は思わず視線を逸《そ》らす。

「あはは、ごめんごめん。ま、今日あんたがいて良かったわ」

「なんだそれ。いつでも会えるのに」

「そうかしら。最近は心ここにあらずだったけど」

……やっぱりお見通しだったか。

志乃原と同じく、彩華にも謝らなきゃいけないようだ。

「ごめん。他のことで頭が一杯になっちゃって」

「え？　いいわよ、気にしてないから」

彩華はあっさりそう返して、傍《そば》に落ちているボールを手に取った。

驚く俺を尻目に、軽快なハンドリングを披露する。ブランクがあるとは思えない動きだ。

「ね。せっかくだし、余ってるゴール使って1on1でもする？」

「するかよ。体格差もあるし、男が女とできるかっての」

「なによそれ」

彩華は珍しく、不満げに口を尖《とが》らせた。

「さっき私に謝罪したでしょ。あんたの誠意はそんなものってこと？」

「ぐ……でもさっきは気にしてないって……」

「今から気にすることにしたの。ほら、やるわよっ」

彩華の発言に、俺は逡巡《しゅんじゅん》した。

謝罪した直後に誘いを断るのはいかがなものかと揺れてしまうのだ。

彩華は俺が陥落しそうなことを見抜いたのか、体育館の端を指差した。

「サークルだもん、端っこで1 on 1するくらいならいつでも自由でしょ？　あそこの空いてるスペース勿体《もったい》ないじゃない。有効活用しましょうよ」

「……分かったよ。負けたらディナー奢《おご》るとかはなしだぞ」

先に断っておく理由は一つ——勝負に負けたら何かを奢るというルールは、彩華との間では日常茶飯事だから。

最近バイトをセーブしている俺は、かなりの金欠。一人暮らしは生きるだけでお金が減り続けるため、今は少しの出費にも慎重にならなきゃいけない。

「う……しないわよそんなの。私、最近バスケにハマってるのよ。それはそれは純粋な気持ちで」

とても怪しい。怪しいが、これで言質《げんち》は取れた。

純粋な１on１であれば受けることに支障はない。

彩華は「ったく、私あんたの中でそんな印象なの」とぶつぶつ言いながら指先でボールを回そうとして、呆気《あっけ》なく床に落とした。

手入れした爪先を台無しにしたくなかったようだ。

「純粋な気持ちとか言ってたけど、ほんとにバスケハマってんのかよ」

「ええ、明美《あけみ》の野外練習に付き合ってあげてるうちにいつの間にかね」

彩華は澄まし顔で答えた。

――戸張坂《とばりざか》明美。

彩華の中学時代の同級生。

かつてのバスケ部副主将で、志乃原が彩華を厭悪《えんお》するきっかけを作った人物。

彩華もそれを承知しているため、素早く辺りに視線を巡らせた。

「大丈夫。志乃原は遠くにいるぞ」

俺が教えてやると、彩華は僅かに安堵《あんど》した顔をする。

彩華と志乃原は和解して、ざっくばらんに話をできる仲に戻った。

だが志乃原が明美という存在を許容できるかは別問題だし、過去の出来事を鑑みても二人は無理に関わる必要性もない。明美を赦《ゆる》したのは、あくまで彩華個人の判断だ。

とはいえ俺も、明美が心底嫌いという訳じゃない。

俺が知り合ってからは特に嫌なことをされた覚えもないし、自分の大切な人間を傷付けたという過去さえなければ、きっと何の憂いもなく友達になれていただろう。

実際前期の試験期間、図書館でウトウトしている際にカフェオレを貰《もら》った時は素直に嬉《うれ》しかった。

「……明美か」

「うん。真由にはこのこと――」

彩華の発言を、俺は「分かってる」と制止した。

そして彩華の傍に転がるボールを拾い上げて、指でクルクル回した。

昔なら、誰かと仲の悪い存在と付き合い続けるのは憚《はばか》られた事案かもしれない。「あいつ、俺の友達の敵なんだ。だから近付かない方がいいぜ」といった具合の牽制《けんせい》を、中学時代には時折耳にした。

だが俺たちはもうすぐ大人だ。

人間関係にこうした割り切りができるようになるのも、大人になるということなのかもしれない。……最近、こうして大人について考える機会が増えた。

「あいつ、バスケすげー上手《うま》かったもんな」

俺が一言告げると、彩華は口元を僅かに緩めた。

「ええ、もう勝ち越せそうにないわ」

心なしか、その声色は少し嬉しそうだった。

俺は思考を切り替えて、彩華に再度目をやった。

「な、なによ」

「……いや。確かにちょっと筋肉ついたか？」

「なっ——あ、あんたそれあんまり女子に言うもんじゃないわよ」

「ご、ごめん。でもバスケほんとにやってるんだなと思うと、普通に感心しちゃって。体力的にキツくないのか？」

「もう……まあいいわ」

彩華は二の腕を数秒さすってから、口を開いた。

「キツいけど、切磋琢磨《せっさたくま》してると楽しいの。だから今からあんたを負かす！」

「うげえ、負ける気しかしない」

冷静に考えたら、中学でバスケを引退した選手が、ミニバスから大学まで現役バリバリで活躍している選手と対等に渡り合う時点で常軌を逸している。

……やっぱり負ける未来しか見えない。

か弱いプライドを守るために断り文句を考えていると、彩華が「ちょっと待って」と指先を俺の口に当てて制止してきた。

「むぐっ」

「私に勝ったら、好きなタイミングでお弁当作ってあげる。どう？」

それは、普通なら男心をそそられる魅力的な提案だ。

しかし生憎《あいにく》、付き合いの長い俺は――

「な、なに。随分嬉しそうね」

「えっ」

思わず自分の頬《ほお》を抓《つね》る。

表情が緩んでいたのかもしれないが、完全に無意識だった。

気恥ずかしくなって、誤魔化《ごまか》すために質問を返す。

「俺が負けたらほんとに何も要らないんだな？」

「今のところね。じゃ、付いてきて」

違和感があった。

今のところ、という文言に違和感を覚えたんじゃない。

彩華の行動に、自分の頬の筋肉が無意識に緩んだという事実。

以前の俺に、そんなことがあっただろうか。

……長い付き合いだ、何度もあったに違いない。

だがこの結論の中に潜むものが、近いうちに顔を出す気がした。

俺はその直感を頭の奥底へ沈ませながら、彩華にボールをパスした。

１on１が始まる頃には、思考は何処《どこ》かへ霧散していた。

◇◆

「……お前、手加減してただろ」

膝に手をついて息を切らす彩華に、俺は不満げに確認した。

五本先取の１on１で、一本差の勝利。

筋肉量や背丈の差を考慮すれば、本来この結果でも男が廃るというものだ。

しかし梅雨時に彩華のプレーを目の当たりにして、明美と切磋琢磨して更に実力が上がっているのだと思うと、今しがたの１on１はどこか納得できないものがあった。

「手を抜いてた訳じゃないわ。ちょっと調子悪かったのよ」

彩華はそう言って、腰に手を当てた。

「へえ。そういうこともあるか」

「随分あっさり納得するのね」

「弁当が懸かってるのに、手を抜くのが前提の勝負なんて持ちかけないだろ」

自分が食べない弁当を作ることなんて、手間以外の何物でもない。

俺が彩華の立場なら、割と真剣に負けたくなかったはずだ。

それに1on1中に見せる表情は結構張り詰めていたような気もする。

「午前中、明美の練習に付き合ってたのよ。どうも疲れ取れてなかったみたい。回復したと思ってたんだけど、中学の時とは違うわね」

「は!? まじかよ、よくそんな状態で体育館に来たな!」

運動部から離れたら、どうしても体力は低下する。

現役バリバリの選手と渡り合った直後なんて、俺だったら全力で帰宅して身体《からだ》を休めるところだ。

しかし彩華は何だか爽やかな笑みを浮かべながら、

「隙間時間が六時間とかだったら、一旦家に帰ってたんだけどね。三時間ちょっとじゃ、何をしようにも中途半端になっちゃうし」

「それでもカフェとか――」

「あーもう、うっさい。今日はあんたに会いに来たのよ、言わせないでよね」

彩華はそう言った後、口を閉ざした。

何かまずいことを口にしたような表情をされたが、俺も何だかむず痒《がゆ》くなってしまって、いつものようにすぐ切り返すことができない。

俺と彩華に変な空気が流れ始めた時、救いの手が差し伸べられた。

「おー、二人ともお疲れ」

声の方へ振り返ると、藤堂がこちらへ歩いてきていた。

先程離れて行ったばかりだが、用事でもあるのだろうか。

「ずっと見てたけど、彩華さん半端ねーな」

「え、でも俺勝ったぜ。もしかして俺才能開花したかな」

呑気《のんき》に言うと、藤堂は肩を竦《すく》めた。

「いや、彩華さん左手殆《ほとん》ど使ってなかった気がする。気付かなかったのか」

「んだと！　彩華、やっぱ手加減してんじゃん！　てか俺疲労困憊《ひろうこんぱい》の女子相手に手加減されてやっと勝てたってこと⁉」

「と、藤堂君！　私ちょっとは使ってたわよ、こいつが悲しむでしょ！」

「弁解になってねーぞそれ！」

俺がその場で頭を抱えると、藤堂はケラケラ笑った。

藤堂のストレス発散の捌《は》け口《ぐち》にされた気がしなくもないが、それよりも問題は彩華だ。

自分に縛りを課していたのなら、その状態では本気だったのだろう。

しかしやはり、これを無言で見過ごすのはバスケ選手の端くれとしてのプライドが損なわれるというものだ。

「じゃあお弁当は要らない？」

「いる！　……いやそういう問題じゃなくてだな！」

「じゃ、藤堂くん。本題入ろっか」

華麗に流されて、俺は藤堂の方向へつんのめりそうになった。

というより、本題ってなんだ。今日の本題は俺に会いに来たことじゃなかったのか。

彩華の一言に、藤堂はポケットからヘアピンを取り出して、軽く束ねた前髪を側頭部へ固定した。

どんな髪型でも似合う顔が羨ましい限りだ。

「つーか藤堂、彩華と会うの約束してたのかよ」

「約束してたのは練習後だったんだよ、あと二時間以上先。……彩華さんこれ責めてるんじゃないからね！」

藤堂の発言に、彩華は申し訳なさそうに両手を合わせた。

「ううん、ごめんね。この時間に入れてた予定が無くなっちゃって……暇だったから顔出しちゃった」

「あれー、さっき俺に会いに来たとか言ってた気が……」

「ついでにね。間違ってはないでしょ」

彩華は澄まし顔でそう言った。

俺としては哀《かな》しい限りだが、弁当が確保されたのと本題とやらが気になるのとで、大人しく口を閉じることにする。

彩華は俺の様子に口角を上げてから、藤堂に向き直った。

「今年のハロウィンパーティー、夏に引き続きサークル合同で開催しようかなと思って。馴染《なじ》みのある『start』だったら、うちの皆《みん》なも喜ぶし」

俺は思わず目を瞬かせた。

『Green』はイベントに積極的だ。アウトドアサークルという特性上、バスケサークルのように日々の活動を継続しづらいのが理由だと思うが、こうした誘いに感謝するサークル員はうちにも結構いる。

藤堂も同意見のようで、あっさり首を縦に振った。

「いいね、グループラインでそのこと共有しとくよ」

「ありがと。人数増えるごとに一人当たりの会費も下がるし、知り合いばかりだから気兼ねなく遊べる。楽しいと思うわ」

結局、俺に意見が求められないまま話が落ち着いた。

一応「賛成！」と付言しておいたが、意味は皆無だろう。

彩華は俺の賛同の声を聞いて悪戯《いたずら》っぽく笑ってから、「ならあんたも来なさいよね」と言った。

そういえば、大学生活で大規模なハロウィンパーティーに参加するのは初めてだ。

ゼミの教室で開かれたパーティーも楽しかったが、大学屈指の規模を持つ『Green』のそれは些《いささ》か異なる趣向があるかもしれない。

俺は念《ねん》の為《ため》確認することにした。

「前に行ったバレンタインパーティーみたいな感じではないよな？」

男女の出会いを目的としたあのパーティーに参加したのは、もう半年以上も前の話。

男女二人一組のペアを組んで一定時間喋《しゃべ》り、また別の異性とペアを組む。そのローテーションの中、女性が気に入った男性にチョコを渡すという地獄のシステム。

あれの再来ならいくら『Green』主催であっても見送りたいところだが、まあその可能性は億分の一にも満たないはずだ。

「あ、話が早いわね。まさにその踏襲よ」

「ごめん急用入った」

踵《きびす》を返して彩華から離れようとする。

しかし首根っこを摑《つか》まれて、俺はあえなく引きずり戻った。

「嫌だ、『Green』メンばっかりでも嫌だ！　むしろ知り合いいる方が嫌だ！」

「冗談よ、大きい声出さないで！」

「………冗談か」

瞬時に大人しくなった俺に、藤堂は軽快な笑みを飛ばす。

「これでもかってくらい、手綱を握られるって意味を説明するには理想的な絵面だな」

「うっせ、ほっとけ！」

あの場に参加しろと言われたら、俺じゃなくても逃げたくなる人は多いはずだ。

以前のようなパーティーは初参加の時こそ新鮮味もあり、経験としてはアリかもしれないが、二度目の参加となれば全力で遁走《とんそう》したい。出会いを提供する話に否定的な意見を持っている訳ではないが、俺自身が参加するかは話が違ってくる。

「でも、実際ハロウィンパーティーって何するんだ？　仮装してお菓子食べる会みたいな感じ？」

俺の質問に、彩華は小首を傾《かし》げた。

「うーん、基本的にはそうなんだけど。やっぱりもう少し何か欲しいわよね？」

「だな。今のままだと、他のパーティーと規模の大きさくらいでしか差別化できないし。別のパーティーに取られかねない」

藤堂は彩華の意見に同意すると、顎に手を当てて唸《うな》る。

平のサークル員としては皆んな自由にパーティーを選択すればいいと思うが、運営側としてはなるべくサークルの方へ参加してほしいという気持ちも理解できる。

俺も二人と同じく頭を少し悩ませてから、一つ提案した。

「マジシャンとか、ステージパフォーマンスできるサークルとかに来てもらうことはできないのか？　他にもパーティーゲームする時間とか設けたら、ハロウィンって特別感も保てそうな気がする」

彩華と藤堂が目をパチクリさせて、俺を見た。

二人の挙動があまりにも息ぴったりで、運営側の絆《きずな》を感じる。

そしてどうやら二人とも俺の意見が満更でもなかったらしく、考えを巡らせ始めた。

「……そうねえ。アテはあるし、サークル費の範囲内で賄えそうな経費ならアリね」

「経費の半分くらいなら大学側が負担してくれると思うか？」

藤堂の問いに、彩華は小首を傾げる。

「何にせよ事前確認は必須ね。早い方がいいし、出し物できるサークルたちとの打ち合わせは任せて。その代わり大学側への経費交渉は任せていい？」

「りょーかい」

藤堂は口角を上げて彩華に応えた。

傍《はた》から見たら美男美女の仕事の会話で、できる社会人のようだ。

……しかし十月末といえば、インターンが始まる直前。今回俺は運営として携わらないとはいえ、パーティーに時間を費やしてしまってもいいのだろうか。

来年の十月末には、俺の就活は終わっているはず。それを踏まえると、今年だけでも我慢するのが賢い選択に思えてくる。

——受験前でもあるまいし、たった一日の欠損が左右するものなんてしれてるか。

俺はそう結論づけて、自分を納得させた。

「ねえ、あんた今回も運営手伝ってくれない？」

「え？」

「夏の旅行も頑張ってくれてたし。良い機会だし、もう一回私たちと一緒にやりましょうよ」

彩華はニッコリした。

今しがたの思考とは真逆の方向へ誘《いざな》う文言に、俺は微苦笑を浮かべる。

「いや、俺就活の業界研究とかさ。卒業単位もまだ足りてないし」

「あんたならそれくらい両立できるって。大丈夫よ」

「ったく、簡単に言うなっての。空けれても一日くらいだ」

彩華に信じてもらえるのは素直に嬉《うれ》しいのだが、やはり現実問題として彼女の感覚とは少しズレている。

そういくつも物事を両立できるほど、俺は器用な人間じゃない。

彩華は俺をいつも高く評価してくれるが、実際はそれを常に下回っている自覚があるからこそ、その評価に追い付きたいと思っている。

その類の焦燥感は、実際に就活の準備を始めてから如実に増していた。積み上げてきた厚みが異なる。少なくとも現状の俺では、単位取得と就活、バイトや運営の両立を〝それくらい〟で片付けられない。

しかし全部俺の蒔《ま》いた種だから、それを理由に彩華の誘いを断らなきゃいけないのは申し訳ないという気持ちも大きい。

その想《おも》いを伝えようとした時、彩華が先に言葉を放った。

「じゃ、そういうことで！」

いつもの女王ムーブに、俺は反射的にハッキリ止めようとした。

「無理なんだよ、彩華じゃあるまいし。だから今回は――」

言い切る前に、口を閉ざした。

自分の口から漏れ出た言葉に、何か余計なモノが混じった気がした。

「なによそれ」

彩華はムスッとして眉を顰《ひそ》める。

俺は少し怯《ひる》んで「いや、えっとさ」と、中身のない繋《つな》ぎの単語を羅列した。

「そんなに今期大変なの？　あんた、卒業単位は今期で満たせるはずでしょ」

「念のため多めに取ってるんだ。就活を見越して役に立ちそうな講義とかも履修しててさ」

自分で蒔いた種ではあるが、今期履修中の単位はカロリーの高いものばかり。

それは彩華も同様だろうが、レポートなどへの所要時間が彩華の倍近くかかるのが現実。

かといってバイトをこれ以上削ると一人暮らしに支障が出てくるので、限られた時間の中から遊びを引いていくのは至って自然な思考回路だといえる。

俺は彩華や藤堂のように、要領の良さが人並み外れている訳じゃない。

同じ大学に入学しておいてなんだが、入試の結果からして二人とは全く異なっている。

俺の視線の動きから何を感じ取ったのか、彩華は肩を竦めた。

「なによ、妬《や》いてんの？」

「ちげーよ、妬いてなんかない」

「でしょうね。他に何か言いたいことあるって顔してるもの」

彩華は真《ま》っ直《す》ぐ俺から視線を離さない。

いつも力強く見開かれる瞳が、今日は微《かす》かに揺れている。

心なしか微妙な雰囲気が流れている気がして、俺はそれを払《はら》い除《の》けるために両手をパンッと合わせてお辞儀する。

そしてすぐに顔を上げて口を開き、なるべく元気な声を出した。

「ごめん！　俺もできれば運営側に参加したいんだけど、参加しちゃうと就活に支障出そうでさ」

彩華に対して取り繕っても、すぐに見破られてしまう。だから声色こそは偽物だが、内容は本心そのものだ。

「……そう」

「……悪いな」

「う、ううん。分かったわ」

直接的な言葉が交わされた訳ではない。

しかし僅かに、そして確実に、今の俺たちの間にはガラスの壁が隔たっている気がする。

彩華は何かに戸惑っているような表情を浮かべており、言葉を発する様子もない。

俺たちの様子を見兼ねたのか、藤堂が口を挟んだ。

「悠は十一月からインターンあるし、その準備も両立しなきゃいけないもんな。こっちは俺らに任せとけよ」

そう言って彼は肩にポンと手を置き、俺にだけ見える角度から目で何かを訴えてくる。

俺は察することができず、ひとまず頷《うなず》いた。

彩華はその瞬間に少しばかり不満げな表情を見せたが、すぐに引っ込めた。

「彩華？」

「……待ってね。今整理してるから」

普段の彼女なら半ば強引な誘いをしても、俺が本気で断ろうとすれば察してくれる。だからこそ、彩華からの誘いにはいつも気軽に応えることができていた。

だが今日は様子がおかしい気がしてならない。

「彩華、何かあったのか？」

「え？」

「いや、その。いつもと違う気がして」

いつもと違う。そしてそれは──きっと俺もだ。

今の彩華の表情を見ていると、あの日の言葉が浮かんでくる。

男波《おなみ》女波《めなみ》を眺めながら放たれた、彩華自身の言の葉が。

──自分らしさが分からなくなった時は、私がいる。

それは逆も然《しか》り。

「……ううん。なんにも」

ポツリと呟《つぶや》く彩華に、一歩近付く。

「なあ彩華」

彩華が目を上げ、口を開く。

その口から言葉が紡がれようとした直前、溌剌《はつらつ》とした声が俺たちの間を切り裂いた。

「彩華先輩〜！」

──志乃原。

声の方へ目をやると、練習着姿の志乃原がこちらに駆け寄ってくるところだった。

髪を後ろに括《くく》っており、首には汗を浮かべている。今日もマネージャーとしての仕事をこなしてくれていたようだ。

志乃原は俺と目が合うと、有り余る元気をVサインで表して、続けて白い歯をふんだんに見せた。

「先輩、久しぶりのバスケ楽しんでますか？　彩華さんに木《こ》っ端微塵《ばみじん》にされましたか？」

「おい、なんで嬉しそうなんだよ。無事に手加減されまくって勝利したわ」

「うわぁ、女子に手加減されて複雑ぅ……」

「その反応やめろ、一番俺が分かってるから！」

俺の返事に、志乃原は肩を揺らして笑う。

この一ヶ月を想起する。

間が空いたにもかかわらず、志乃原との空気は変わらない。

ずっと一緒にいたにもかかわらず、彩華との空気はどこか変わった気がする。

梅雨時の一件では明確な理由があったからこそ、この違和感が一層如実に感じてしまう。

俺が思案していると、彩華は天井を見上げて、瞳を閉じた。

「……うん。やっぱり、こうなるか」

彩華はそう言った後、何かを諦めたように息を吐く。

深い溜息《ためいき》は幸せを逃すというよりも、決意を固めたような印象を受けた。

そして彩華は、軽く俺の胸を小突いた。

「じゃ、ハロウィンの後にある学祭くらいは来なさいよね。せめてその一日だけは……楽しみたいし」

「お、おう」

彩華はふわりとした笑みを浮かべてから、その場を後にした。

歩を進める度に、彼女の黒髪があらゆる方向へ踊る。

遠ざかっていく後ろ姿を暫《しば》く眺めていると、隣で志乃原が訊《き》いてきた。

「……先輩、何かやらかしました？」

「やらかすってなんだよ」

口調は軽かったが、不安だった。

志乃原も彩華に対して違和感を覚えたのなら、やはり気の所為《せい》ではないことを再認識させられる。

かといって険悪な雰囲気というには柔らかく、いつもの雰囲気というには何処《どこ》かに濁りがあるような感覚。

俺は少し離れた場所に移動していた藤堂に、声を掛けた。

「藤堂、どう思う？」

「さあな」

藤堂は短い返事とともに、肩を竦《すく》めた。

「分かんね。ていうかごめん、あんまり聞かないようにしてた」

「え？……ならいいや」

聞こえる距離だと思っていたので、釈然としない。

藤堂は自身の介入を余計なことだと思い直したのかもしれない。

その理由だけは、何となく解《わか》る。きっと藤堂は、大輝と同じく俺に一人で結論を出させたいのだ。

俺は体育館の出口に視線を移す。

見慣れた背中は、とっくに姿を消していた。

第4話　蜻蛉の煌めき

やっちゃったな。

体育館では平常心を装っていたつもりだったけど、上手《うま》く取り繕えたか分からない。

自分で自分が意外だった。

本心を隠すのには慣れていたつもりだった。胸中を隠して明るい笑顔を浮かべることなんて造作もない。それが大学生になった私のはず。

でも最近は周囲の人間にも自分の色を見せることが増えた。以前はもっと外面を良く振る舞っていた状況でも、ありのままの意見を口にする機会が増えた。

梅雨時の一件を経て、私は自分をもう一度変えたから。

でも、思わぬ弊害をたった数分前に実感した。

──以前に比べて、感情が表に露出しやすくなってる。

あいつは先程のやりとりを経て尚今《なお》の私の方が良いって言ってくれるだろうけど、現状を鑑みたらそれが正しいかは判《わか》らない。

大学に入学した当初の私はまだ仮面を被《かぶ》っていて、その時はそんな自分の在り方に二つの意義があると解釈していた。

一つ目は、交友関係を広げる武器になること。外面を良くした方が無難に良い印象を与えられる。大学で培った人間関係が社会に出た時に活《い》きるなんて狙いもあった。孤立した過去があるからか、小さな縁でも繋《つな》がった時は嬉しかった。

二つ目は、時に自分を守る盾になること。たとえいつかのように誰かから口撃される事態に陥っても、猫を被っていたら本当の私に口撃は直接届かない。口撃されたのは猫を被った私で、本当の私は無傷だと思える。

——でも、今の私は違う。

今の私は悠太《ゆうた》だけでなく、真由《まゆ》や那月《なつき》、樹《たつき》さんや学部の友達と打ち解けられている。以前よりも本当の人間関係を築けたことに、ただ満足していた。

でも代償はちゃんと存在してたみたいだ。感情のコントロールは今後もう少し意識する必要がある。

「……なにイラついてんだか」

そう呟いて、唇を嚙《か》み締めた。

今までだったらこんな鬱然とした気持ちにはならなかった。

あいつを好きだと自覚したというのも、この気持ちになった理由の一つなんだろう。

取り繕わなくていい、気取らなくていい、ありのままの自分で過ごしていい。

それが親友になれた理由で、異性として好きになった理由。

まさかそこにマイナスな感情を抱きそうになるなんて。

好きになったって、私は何も変わらないと思っていたのに。

彩華《あやか》じゃあるまいしなんて言葉もちょっと嫌だったけど、それはしつこく誘った私が悪い。瞬時に整理できなかったのは、その次の発言だ。

──妬いてなんかない。

あいつから放たれた、何の変哲もない言葉。

……そんなの、当たり前に決まってるのに。

あいつは私に親友として接しているし、そもそも藤堂《とうどう》君が彼女持ちということも知ってる。私と藤堂君が男女の仲に見えないという、至極真っ当な理由からの発言だ。

そこに関して、悠太に非は全くない。

いつもの私ならきっとすぐこの考えに至った。

それが言葉の表面だけを捉えた末に苛立《いらだ》って、不自然にあの場から抜けちゃうなんて。

……これが人を好きになるという弊害だとしたら、恋愛って難しすぎる。

恋愛に振り回されている人は数多く見てきた。中でも期待を裏切られる人の顔は脳裏にこびり付いている。

なんで他人に期待するのか、高校時代の私には全く理解できなかった。

……でも、今なら気持ちが解る。

好きになるって、期待するのと同じなんだ。

私があの場で苛立ったのは、無意識にしていた期待が裏切られたからだ。

だから些細《ささい》な一言に対して動揺し、胸がざわついてしまう。

期待は時にマイナスな感情を生む要因にもなる。

……あいつにとったら、迷惑な話ね。

自分のあずかり知らないところで勝手に期待されて、勝手に裏切られたと思われて、勝手に苛立たれるんだから。

高校時代、私を仲間外れにしようとしていた男子たちの顔は何度も見た。

中には振られた自分を情けなく思わないために、期待を裏切った私が悪いという現実逃避した男子もいるだろう。

自分が絶対なりたくない類の人間だけど、私だって中学時代この状況に身を置いていたらどうなってたか分からない。

それくらい心を邪《よこしま》な道へ転がしかねないのが恋愛なんだ。

……自覚したのが、今でよかった。

今なら自分の感情をもう一度封じて、賢く近付くことができる。結果だけを求めて、あいつの気持ちを惹《ひ》くことができる。あいつの内面を知っている私なら、それが可能だ。

「まあ、しないけど」

あっけらかんと呟《つぶや》いた。

あいつを騙《だま》してまで、恋仲になりたいとは思わない。

自分を騙してまで、一緒にいたいと思わない。

どちらか片方でも騙したら、きっと今までの時間と違うものになってしまうから。

私は、私が好きな時間をそのまま発展させたい。偽物の時間は必要ない。

私が私であるために、そこだけは絶対に曲げられない。

心に荒立った波が静謐《せいひつ》さを取り戻す。いつもの海に戻った感覚。

ふと顔を上げると、体育館から外へ繋がる出口の傍《そば》に立っていた。

私の胸中は、コートから出て此処《ここ》へ着くまでの間に元通りになっていた。

ガラス張りの壁越しに、紺色の空に浮かぶ三日月が淡い光を放っている。

……すぐに自分を取り戻せたのは、つい先日にあった時間のおかげかな。

私はおもむろに瞼《まぶた》を閉じ、想起した。

◇

◆

「私に遠慮しないでね」

突然訪れた礼奈《れいな》さんとの時間。

その言葉を告げられたのはカフェに入って数分雑談した後だった。

ストローを握る力が自然と強まったような気がして、意識的に肩の力を逃す。

「……どういう意味？」

「彩華さんなら解ってるでしょ？」

礼奈さんの声色は変わらず明るい。

だけど同時にほんの少し固くて、この会の本題が今から発せられる言葉に詰まっていることが伝わってくる。

普段おっとりとした性格であろう彼女を一瞬にして崩せる人間は、あいつしかいない。

海旅行の二日目、夜の溟海《めいかい》を眺めながら話した内容は殆《ほとん》ど全て覚えてる。

あいつが口にした言葉たちは、相手を礼奈さんと仮定したら全て腑《ふ》に落ちるものだった。

……本当にあいつは隠すのが下手。隠そうとしていたのかすら定かではないやり取りだったけど、あいつの性格上あの日起こった出来事を私に知らせるのは申し訳ないと考えていたんだろう。

結局、すぐに解っちゃったけど。

だからこそ礼奈さんがあえて明言しなくても察してあげられる。

「そうね」

私の肯定に、礼奈さんが小さく「でしょ」と返す。

……私が鈍かったら礼奈さんは自分で傷を抉《えぐ》ることになっていた。

自分が振られたと改めて口で説明するのは想像するだけでも心が痛む。

そうならなくて、本当に良かった。

礼奈さんには大きな借りがある。彼女が望むなら大抵のことは協力したい。桜が散り出す季節に放った言葉は、まだ私の中で死んでいない。

……あ。この思考について言ってるのかな。

だとしたら、やっぱり意図が知りたい。

「遠慮しないでって、わざわざ言ってくれるのはどうして？」

「うん。私、バレンタインの頃までは彩華さんのこと……その、良く思ってなかったんだけど」

「……うん。当然ね」

当たり前のように放たれた言葉だけど、傍《はた》から聞けば結構パンチのあるやり取りだろうな、なんて思った。

九月のカラッとした暑さから逃げるためにカフェに訪れた私たちだけど、今は丸テーブルを挟んで対面している。

店内は同じ学生のざわつきに支配されていて、話を誰かに聞かれる心配はない。

女子大生同士もっと雰囲気のあるカフェに行く選択肢もあったけど、今の私たちにはピッタリかもしれない。

単純に仲が良いと宣《のたま》うには、各々歪《ゆが》んでいた時間が長すぎたから。

でも旅行の時と同様、私たちの間に緊迫感はない。

ある程度和解できたからこそ、波風立たず歪《いびつ》な会話が当たり前に進む。

「私ね、悠太くんのことは一旦諦めることにしたの」

「……そう」

「もう悠太くんとは会わない。完全に吹っ切れたら、また会うことにしたの」

礼奈さんの発言に、唇を噛み締めた。

誤魔化《ごまか》すようにアイスカフェオレの入った容器を握って、礼奈さんからテーブルへ視線を落とす。

会わないという選択肢。

本心を押し殺してまで、選ぶ価値がそこにあるんだろうか。

礼奈さんは自分で結論を出したんだろうし、私が考える立場じゃないのは重々分かっている。だけど、礼奈さんの選択には正直賛同したくない。

賛同すれば、自分が同じ立場になった時の選択肢はその一つしか無くなる。

まだ私には覚悟が足りない。

覚悟という意味では、礼奈さんは私の上をいく。

「だから、それまでは。悠太くんのこと、よろしくお願いします。それが遠慮しないでって言った理由です」

礼奈さんが小さく頭を下げた。

……私にこれを伝えることを、夜の数だけ悩んだに違いない。

かつての恋敵に、大好きだった元カレを託すなんて。それも、自分からお願いするなんて。

思いつきで言った言葉じゃない。

並大抵の覚悟で言える言葉じゃない。

だからこそ、私もせめてハッキリ答えた。

「無理」

「……え？」

耳を疑うというような声色。

怒気を孕《はら》んでいないのは、まだ理解が追いついていないだけか。

「うん。正確には、無理かもしれない」

再度告げたら、ようやく礼奈さんの声が固くなった。

「なんで？　悠太くんのこと好きじゃないの？」

「私、誰にもあいつのことが好きだなんて言ったことないんだけど」

思わず苦笑した。

真由には何となく伝わってしまってるだろうけど、明確な言葉にして確認し合ったことはない。礼奈さんにしても同じことだ。

でも一度謝罪をするために女子大へ赴いた時のことを思えば、バレていても不思議じゃない。

海旅行へ参加する前に律儀に許可取りの電話を入れてくれたのは、そういうことだろうし。

「言われなくても……分かるよ」

「どうしてそう思ったの？」

「それは……見てたら、何となく分かるっていうか」

「ほんと？　それ、ちょっとショックかも」

自分の隠したい感情が表に漏れているのは怖い。コントロールできない感情に胸を支配されるのと同じくらい怖いことだ。

「ねえ。悠太くんのこと、好きなんだよね」

礼奈さんは真っ直《ます》ぐ私を見据えた。

「……うん」

「だよね。だったら、なんでショックなのか分からないけど」

「自分の気持ちを隠すのが得意だと思ってたからショックなだけ。ごめんね、話逸《そ》らしちゃって」

礼奈さんは「そっか、そういうこと」と小さく笑って、アイスカフェオレに口をつけた。

数秒の沈黙の末、礼奈さんは再び口を開いた。

「恋愛って、他の感情と比べても特別なのかも。私も高校生の時は、自分がこんなに感情に振り回される姿なんて想像できてなかったもん」

「そう言ってくれたら、なんか救われるけど」

私も苦笑いを浮かべて、言葉を続ける。

「好きだからこそ、叶《かな》わなくなることだってあるかもしれない。だから保証はできないって話」

今までの私たちは互いの領域を尊重し、それでいて胸中も明かしていたから互いを理解し合うことができた。

あいつに何かしてあげたい。きっとあいつも同じ気持ちを持ってくれている。

でも今は、何かをしてもらいたいなんて期待してしまう自分がいる。

仮に私の想《おも》いが叶《かな》ってそういう関係に発展したら、この他力本願な思考に拍車が掛かる気がする。

私に限ってそれはないと信じたいけど、同じような思考を持っていた友達が、彼氏ができて数ヶ月後に意見を変えたのも目の当たりにしてきた。自分がそうならないと言い切れる根拠はどこにもない。

私は彼氏を一度も作ったことがないから。

未経験のものに根拠を無理やり引っ張ってこれるほど、おめでたい思考には浸れない。

あいつに「私に期待しないで」って何度も言ったのに、私が期待していたら筋が通らない。

そんな状態で——。

「礼奈さんによろしくって言ってもらえるのは嬉《うれ》しい。でも、まだ分からない部分もあるから。無責任に安請け合いはしたくない」

「……そっか。彩華さんらしい、のかな」

礼奈さんは視線を伏せる。あいつの言葉を想起しているんだろうか。それとも。

「彩華さん。悠太くんへの気持ちを無視する選択肢はある？　気付かないフリをする選択肢」

「ないわ」

即答した。

そして、同じ言葉を繰り返す。

「それはない」

この気持ちは、とても大切な感情だから。

あいつと過ごした時間の末に辿《たど》り着いた、一つの答えだから。

その答えを否定し見て見ぬフリをすることは、あいつとの時間を否定するのと同義だ。

他の誰が否定したって、私だけは否定する訳にいかない。

クスリと笑みの溢《こぼ》れる音が聞こえた。

視線を上げると、礼奈さんはこちらに優しげな笑みを浮かべている。

薄紫色の、吸い込まれるような綺麗《きれい》な瞳。

……どうして私にそんな顔ができるのよ。

「うん。じゃあ、大丈夫だよ。彩華さんは多分、まだ自分の中の感情を処理できてないだけだから」

今しがたの思考に応えるような発言だった。

でも、不思議と心を見透かされたことに嫌な気持ちはしない。

私にとっては秘めておきたい感情のはずだったのに。

……相手が礼奈さんだからかな。

「彩華さんは、もしかしたら心を整理しきれないまま一回失敗しちゃうかも。どういう失敗かまでは分からないけど、そんな気がする」

出会った当初の関係性だったら、言い返してたに違いない。

でも、今は素直に聞ける。

礼奈さんに真っ直ぐ視線を返す。

「その時は、思い出してみて。悠太くんは言葉にして謝ったら、すぐに許してくれるってこと。ちゃんと言葉にするんだよ？」

礼奈さんと悠太の間に起こった出来事が脳裏に過《よ》ぎる。

私もあいつも、無意識に言葉にしなくても理解できると過信する節がある。

「……再認識したわ。礼奈さんと意見が合うってことは、本当にそういうタチに違いないわね。多分私も」

「うん。慢心せずに、気を付けてね」

……重みが違うな。

付き合い自体は私の方が長いのに、ズシンと胸に響くものがある。

彼女の発言に、様々な感情が入り混じっているからだろうか。

それらを読み取る資格は、私にはないけれど。

「……もし、彩華さんが自分の心を整理できたらさ」

礼奈さんがコップに刺さったストローを一周させる。

礼奈さんが注文したドリンクも、私と同じアイスカフェオレ。そして――

「悠太くんの深い理解者になれるよね。その時は……改めて。悠太くんのこと、お願いね」

「……分かった。その時は任せて」

どういう顔をすればいいか迷った挙句、私は力強く口角を上げた。

せめて自信だけは見せておきたくて。

たとえ想いが叶わなかったとしても、あいつから離れる選択肢を自分の中から払拭するために。

「……ありがと」

礼奈さんが微笑《ほほえ》んだ。

私と違って、きっとこの微笑みはあいつだけに向けたもの。

……あいつ、馬鹿だな。

こんな良い彼女、どこにいったたって。

礼奈さんの忠告にある〝失敗〟をした時は、今日という日を思い出そう。

私のために。悠太のために。そして、目の前にいる――

「さ、出よっか。彩華さん、この後空いてる？」

「……ええ。今日は一日フリーになったわ」

店を出ると、ひぐらしの声が耳朶《じだ》に響く。九月にしては涼しげな風が頬《ほお》を撫《な》でる。
私は風に靡《なび》く髪を押さえながら、おもむろに空を見上げた。
橙色《だいだいいろ》に染まった空に蜻蛉《かげろう》が旋回している。
蜻蛉の儚《はかな》げな旋回は、次の瞬間薄緑の残像を秋天に強く焼き付けた。
それはまるでエメラルドの刹那の煌《きら》めき。
隣で礼奈さんが息を飲む。
夏が終わる。
秋が始まる。

第5話　勝負

「お弁当作りに来た」

「へ？」

思わず間抜けな返事が口から漏れた。

彩華《あやか》との間に微妙な空気が流れてから、まだ一日しか経《た》っていない。

昨夜は大学構内でどんな顔をして、どんな声色で第一声を発するかを悩みながら日の出の時間に眠りについた。

数時間後にインターホンの音で起こされて、ボサボサの髪もそのままに玄関のドアを開けたところ、純白のブラウスを着た彩華が何食わぬ顔で突っ立っていたという状況だ。

「お弁当」

再度口にした彩華は、右腕をヒョイと軽く掲げた。

手首にはスーパーの袋が掛かっており、中には新鮮な色に身を包んだ食材が顔を覗《のぞ》かせている。

「入るわよ？」

「え、あ、うん」

寝起きで思考回路がまだうまく繋《つな》がっていない。

脳内に漂う感情を言語化するまでに、まだ少し時間を要しそうだ。

「寝てたんでしょ。起こしちゃって悪いわね」

「まあ……全然大丈夫だけど。どうしたんだよいきなり」

そう言いながら、玄関から後退して彩華を部屋へ招き入れる。

スーパー袋と服の擦《こす》れる音が鳴り、久しぶりに部屋が賑《にぎ》やかになった。

彩華が慣れた手つきで袋から食材を取り出していき、「開けていい？」と冷蔵庫の前に立つ。

「あ、ああ。全然大丈夫」

彩華はニコリとしてから冷蔵庫を開け、すっからかんの中身に次々食材を入れていく。

思考が追いついていない俺に、彩華は冷蔵庫を閉めてから向き直った。

「ねえ。悪かったわね」

「いや、別に……むしろ生活習慣がまたバグるところだったから助かったっていうか」

俺の返事に、彩華はかぶりを振った。

「ううん、昨日のことよ。変な空気にさせちゃったでしょ」

「あ、あー……別に変な空気っていうか、あれは──」

「誤魔化《ごまか》さないでいいわよ、自覚してるもの。ごめん」

言い切る前に、彩華が言葉を重ねた。

昨日頭を悩ませた、体育館での応酬。

確かに藤堂《とうどう》や志乃原《しのはら》からすれば、戸惑うような空気になっていたかもしれない。

勿論《もちろん》俺も戸惑ったが、あれは自分の言い方が招いた結果だと思った。

これも寝る前に散々思考を巡らせたことだが、もっと他に言い方があったと思う。忙しいやら余裕がないやら、そんなものは何の言い訳にもならない。

たとえ彩華のキャパシティが大きいとしても、俺より忙しい時期は数多くあったはずだ。

それなのに、俺だけがすぐに音を上げ若干キツい言い方をしてしまった。

彩華が言葉を重ねる前はそのことについて謝ろうと思っていたのだが、どうやら彼女は全て自分が悪いと考えているらしい。

彩華が全部悪いなんて、そんなことあるわけがないのに。

「あんたの都合も考えずに誘っちゃってた」

「いや、待て。別にそれは今に始まったことじゃないだろ。合コンだって普段の遊びだって、彩華の誘いって結構いつもそんなんだったぞ」

彩華の表情に、ほんの僅か翳《かげ》りが見える。

他の人なら気に留《と》めないような些細《ささい》な変化。

「そうね。ごめん」

「え？　ああ、うん」

……どうやら彩華は本気で謝っている。

しかし不謹慎ながら、いざこうして言葉にされたらとても些細な話に思えた。

そんなことで俺たちに微妙な空気が流れたかと思うと可笑《おか》しい。

彩華の傍若無人な態度は、昨日だっていつも通りだった。

高校時代から今まで、ずっとそうだ。

高校時代から変わらない一面を持つのは俺だって同様で、むしろ俺の方が多くの面において彩華に頼っているに違いない。

そんないつも通りから始まったやり取りが昨日に限って違う結末を迎えてしまったのは、就活という人生において大きな岐路に立つ状況下だったから。誇れる自分になりたいという願望と、現状とのギャップから生まれる焦燥感が、俺の語気を少し強めてしまった。

……反省しなきゃな。

何かを得るためには何かを捨てなければいけないという言葉がある。

だが俺はその〝何か〟に親しい人間は入れたくない。その選択肢を取った時点で、自分を誇れなくなる。そんなことはあいつだって、決して望んでいない。

……とはいえ珍しく忙しくしただけで、たった一人の親友にこんな顔をさせるほど状況を拗《こじ》らせてしまうなんて。

自分が情けなさすぎて、笑いそうになる。

「ははは っ」

……気が緩んで本当に笑い声を上げてしまった。

「な、なに笑ってんのよ。私謝ってるんですけど」

「いや、ごめん。スケジュールの都合とか、そこらへんあんまり意識せずに、とりあえず多少強引な言い方でも誘っちゃえ！　ってのが俺らだったのになって。そうじゃなきゃ今日まで親友なんて続けてられないって思ってたけど」

「でも、親しき仲にも——」

「前言撤回、そんなもんいらん！」

声を上げると、彩華が目をパチクリさせた。

「揉《も》める時は揉めたらいい。こうやって言葉にしてくれたら、俺たちはきっと大丈夫だ。大人になっても、クソ忙しくなっても。ズレた時に軌道修正すれば、まあ何が起こっても大丈夫だろ」

相手を慮《おもんぱか》る気持ちは必要だ。

でも神経質になってまで気にしていたら、お互い伸び伸びした時間を過ごせない。羽を休められない。

互いが休める場所であることが、俺たちの在り方だったはずだ。

確かにあの頃と今じゃ状況が違う。

多少年齢を重ねた。就活は歩んできた人生の全てを試される。そんな状況は初めてだから、今までにないプレッシャーも感じている。

だがそれは彩華も同じ状況なのだ。

そんな彼女に自分の都合を少しは気にしてほしい、なんて言葉を投げるのはただの自己満足に他ならない。本当に厳しい状況下にいる時は、何度か断ったらいい話だ。

そう思案した俺は「一切気にしないでくれ」と繰り返した。

「……何言ってんのよ。一切は嘘《うそ》でしょ」

彩華がそう返して、小さく息を吐いた。

言葉の字面だけ見れば、いつも通りほんの少し棘《とげ》がある。

だが、心なしか彩華の口元は緩んでいた。

俺にはそれだけで充分だ。

「俺も言い方キツかったよなー」

あの時彩華が一瞬険しい空気を出したのは、俺が誘いを断ったからなんかじゃない。

「彩華とは違うなんて、まじ余計な一言だったたよ。あの空気にしたのは彩華じゃなくて俺の一言だ。あれがなかったら多分今みたいなやり取りもしなくていい状況で済んでた。ごめん」

そう言って頭を下げる。

彩華はおもむろに腰を下ろして、俺を正面から見据えた。

「……ううん。それは全然良い。この時間はきっと、意味のあるものだったと思うしね」

「……同感」

学生から社会人になるための準備期間。

今回は俺がそこに没入しすぎて、二人の環境に差異が生じた。

その積み重ねがあの体育館の時間に繋がった。

裏を返せば、環境の変化から生じた関係性のズレはこうして一日で修正できる程度のものだということ。

これから俺たちの間には様々な違いが出てくる。

いくら同じ時間を過ごそうとも、違う人間なのだから仕方ない。

だが今日という日を鑑みれば、関係の行く末を憂える必要はなさそうだ。

何度すれ違っても、俺たちはこうして言葉にできるのだから。

――アッシュグレーの髪が脳裏に過《よ》ぎる。

こうした思考を巡らせることができたのは、言葉を表に出す重要性を学んだからだ。

いつか再会する時は立派になって——礼を言わないとな。

焦らず、だけど油断せず。

安心感と緊張感を適度に折衷しながら日々を過ごしていこうと思う。

彩華がキッチンへ向かい、料理の支度をし始める。

その背中を眺めながら、俺はゆっくり瞼《まぶた》を閉じた。

◇◆

「寝てんじゃないわよ！」

「ぶフォ⁉」

何かしらの良さげな夢が脳内で始まろうとしていた瞬間、急速に現実へ引き戻された。

損したような感覚になった途端自らの状況を思い出し、勢いよく上体を起こして周りを見渡す。

瞬間、食欲をそそる香りが鼻腔《びこう》をくすぐった。

香りの元へ目をやると、ローテーブルには沢山の料理が並んでいた。

ハムエッグや肉じゃが、コロッケに野菜炒《いた》め、卵スープ。

メインを張れる料理がドカドカ並んで置かれていて、俺は目を丸くする。

特に野菜炒めはヘルシーな見た目だがラム肉らしきものも混ざって、塩味の効いてそうなソースが琥珀《こはく》色の輝きを放っていた。

「こ、これは一体……」

「寝ぼけてんじゃないわよ。料理手伝ってもらおうと思って振り返ったら、あんたコテンって寝落ちしてるんだもの。びっくりしたわよ」

彩華はコップに牛乳を注《つ》ぎ始める。

白濁した液体でコップが満杯になって、テーブルの中央に置かれた。

「飲みなさい。あんた、カルシウム足りてないんじゃない？　最近栄養偏ってたでしょ」

「お、おお。確かに牛乳飲むのは久しぶりかも」

「でしょ。あんたが好みそうなもの適当に作ったから、好きなだけ食べて」

そう言って彩華が、クッションに腰を下ろす。

改めてローテーブルへ視線を落とすと、一人暮らしには贅沢《ぜいたく》すぎる品の数々だ。

俺を起こすことなく、全て作ってくれたらしい。

彩華の対面側へ移動しながら、お礼と謝罪のどちらを言うか迷ってしまう。

しかし彩華の若干緊張した面持ちを鑑みるに、一度場を解《ほぐ》すのが良さそうだ。

「こ……これは罠《わな》か？　何か入れて──」

「失礼ね、そんなことしないわよ！」

彩華がフォークをビシッとこちらに向けてくる。

「すみません暴力反対、ていうかフォークを凶器みたいに扱わないで！」

降参のジェスチャーで両手を高く挙げてみせる。

そしてそのポーズをしたまま暫《しばら》く見つめ合った後、お互い吹き出した。

──何だか随分久しぶりに、二人の間に楽しい空気が流れている気がする。

八月から九月と、会う頻度が減った訳じゃない。

だけどきっと、俺の心持ちが悪い方向へ傾いていたんだろう。

今ならそれが自覚できる。

「さ、食べましょ」

「だな。作ってくれてありがとう」

「気にしないで。１on１で負けたらお弁当作るって言ってたでしょ」

「お弁当っていうかガッツリ家食だけど」

「余ったらお弁当に詰め込めるじゃない。細かいこと気にしないでよ」

然程《さほど》細かいこととは言えないと思うが、確かにどうしたってこの量は余る。

人間の一日あたりの食事摂取量を鑑みても、お弁当どころか夜ご飯まで持ちそうな量である。

今はつまらない指摘をするより、目の前の料理を楽しむのが最優先だ。

「いただきます！」

両手を合わせて挨拶すると、彩華も同様の仕草をしながらニコリと笑った。

「ほんとは今日ね、食べさせた後に謝る予定だったのよ。手料理食べた後ならあんた何でも許すだろうし」

「買収する予定だったの⁉」

「冗談よ」

「んだよ紛らわしい！」

そんな調子でいつものように談笑から始まった豪華な朝食タイム。

朝からこんな贅沢をするのはいつ以来だろう。

最近は朝からバイトを詰めていたので、何も食べないまま家を出るのが大半だった。

胃をびっくりさせないように、まず卵スープを飲んで、次に野菜炒め。柔らかくも弾力のあるラム肉に舌鼓を打った後は、王道の肉じゃがを少しいただく。

朝であるにもかかわらず次々胃に入るのは、ひとえに味が良いからだ。

寝起きでぼーっとしていた頭が幸福感で支配されていき、頬《ほお》が自然に緩んでしまう。

たっぷり十分間、その殆《ほとん》どを無言の咀嚼《そしゃく》で過ごしてしまった。

やっと箸を小皿に置いて、俺は口を開く。

「ふう。悪い、全然喋《しゃべ》らなくて」

「ううん。あんたは美味《おい》しそうに食べてくれるから、私も嬉《うれ》しいわ」

和やかな声色に、俺は素直に頷《うなず》いて応える。

彩華も自身の料理を美味しく愉《たの》しんだのか、俺と同じくらいの量を食べていた。

「自分じゃ全然作らないからな。作った方がいいのは分かってるんだけど」

「いつもは真由《まゆ》が作ってくれてるしね」

「う……」

俺は口ごもり、一旦口に運ぼうとしていたスプーンを皿に戻した。

しかし彩華の声に暗い色が帯びていなかったような気がして、恐る恐る視線を上げる。

そこにはいつもの悪戯《いたずら》っぽい笑みを浮かべた、彩華の顔があった。

「ふふ、なにビビってんの？　いいわよ分かってるから。前にあったこと、忘れた訳じゃないでしょ」

「……覚えてるよ。風邪引いた時に、看病しに来てくれた時だろ」

彩華が一人暮らししている家に初めてお邪魔した翌週だ。

あの時は彩華からの暗黙の意志を感じ取り、親が来ていたことにして話を無理やり落ち着けたのだ。

今日その出来事を掘り返したのは、もうそれを気にしていないからか。

しかし彩華はそれ以上その話を広げることなく、話題を切り替えた。

「ていうかあんたさ、全然私の家来ないわよね」

「い……いや、遠慮なく行きたいところなんだけどさ」

俺はそう返して、先程戻したスプーンを口に含んだ。出汁《だし》の染みたじゃがいもと牛肉。

本当に遠慮なく行っていれば、この美味しい料理をたまに食べられていたんだろう。

礼奈《れいな》と和解してから数週間経《た》った時、一度彩華の家で手料理を振る舞ってもらった。

「たまにご飯食べに行くわ」と宣言した時は、本当にそうするつもりだった。

恐らくその後彩華は礼奈へ会いに行き、俺と彩華は暫く言葉を交わせなくなったのだ。

梅雨時に二度赴いたものの、お互い料理を食べるような空気ではなく、何となくタイミングを逃し続けたのがこの現状という訳だ。

「あの時せっかく了承してたのに。私の厚意に甘えないなんて、あんたってほんと変わってるわ」

「自分で言ってりゃ世話ねえっつの」

それでも、彩華らしい発言には思わず笑ってしまう。

彩華の自信満々な一面に触れると愉《たの》しい気分になるのは、言う通り俺が変わっている証《あかし》かもしれない。

……こんな料理を振る舞ってもらって愉しくならない方が変わっている気もするが。

「ちゃんと来なさいよね。何のために一人暮らしに切り替えたと思ってんのよ」

「え、俺とご飯食べるためって言いたいのか」

「ううん、通学時間を減らすため」

「何だったんだ今の質問は!!」

俺のツッコミに彩華は相好を崩す。

その表情は、俺が最初に彩華と信頼し合える仲になれてよかったと実感した時と同じ類のものだった。

他愛《たあい》のない雑談であっという間に時間が進んでいく。

楽しい時間は早く過ぎるというが、彩華と話しているとそれが当たり前のように感じられる。

高校時代から少しずつ変化している関係性でも、そこだけは変わらない。

そしてこれからも変わらないだろう。

おかずのあらかたを食べ終わる頃には、この時期特有の話題へ移り変わっていた。

「あんたの就活の進め方も間違ってないと思うけどね、効率は良くないわよ。せめて業界業種くらいは多少絞ってから動く方が良いんじゃない？」

「俺も考えなかった訳じゃないけどさ、これがもしかしたら最初で最後の就活になるかもしれないだろ？　色んな業界、業種の社会人と話せる機会って、働き出したらそうそうないと思うんだ。今後の視野を広げる意味でも行動だけはしておきたくてさ」

チャンスがどこに転がっているか分からない世界で、掴《つか》む力になり得るものは行動しかない。何のスキルもない一学生である俺は、動き続けるしかない。

そう真面目に思案していると、彩華がニヤニヤとこちらを見つめていることに気が付いた。

「んだよ」

「ふふ。いや、あんたにこういう分野で納得させられたのが嬉しくて」

「保護者の感想かよ」

「似たようなもんでしょ」

「違うわ！」

俺の抗議を聞いて、彩華は面白そうに肩を揺らす。

「そういう彩華は進んでるのか」

「当たり前でしょ？　誰だと思ってんの」

こともなげに答えられて、俺は思わず息を吐いた。

本当に無意識とはいえ、自分だけが大変だなんて態度を取ってしまったのが申し訳ない。

「さすがだな。はあ〜、ほんと情けないわ俺」

「ちょっと、そんな顔で私の手料理味わってほしくないんだけど」

「……そりゃそうだな。……にぃ」

無理矢理《むりやり》笑うと、彩華が目を細めた。

「きもい」

「辛辣すぎる！」

俺は喚《わめ》いてから、野菜炒めをかきこむように食べる。

その間もずっと正面から視線を感じて、嚥下《えんげ》するまでにいつもの倍の時間を要した。

「……そんなに見られてたら、どんな顔して食べればいいのか分からなくなるんだけど」

「別に、普通にしてなさいよ」

「俺を見ないという選択肢はないんだな」

「ないわね。あんたの顔見るの好きだし」

「間抜けづら見てたら安心するってか？」

最後の肉じゃがを飲み込んでから、俺は軽く笑みを溢《こぼ》す。

しかし返ってきたのは、優しげな笑みだった。

「……そうね。そういうことにしておくわ」

……同年代から母性を感じる瞬間なんて、そうそうありはしない。

彩華の感情がそれに該当するかは定かじゃないが、いずれにせよ少しむず痒《がゆ》くなってしまう。
心を満たされるような感覚。
俺も彩華の心を満たせる存在になれているのだろうか。
声を掛けようとした直前、彩華はおもむろに腰を浮かす。
俺が視線を上げると、彩華はこともなげに言葉を並べた。
「さ、片付けましょ。それからお弁当箱に詰め込む作業ね」
「お、おう。そうだな」
意図的に発言を妨げられたというのは、俺の考えすぎだろうか。
彩華の背中はいつも通りのキビキビした動きで、その疑問には答えてくれない。
俺は質問を諦めて、空になったお皿をテーブルの端へ寄せていくことにした。
「ありがと」
彩華はそうお礼を告げて、お皿を摑んだ。
肉じゃがが入っていた、底の深い容器だ。
縁の部分が丸みを帯びており、他のお皿よりも滑りやすくなっている。
……何となく嫌な予感がした。
事が起こる前から、視界がスローになっていく。
どうして人間、こういう時の察しはいいのだろう。

どうして察した頃には時既に遅しなのだろう。

彩華にとって慣れない形だったその容器はツルリと滑り、彼女の手から逃亡した。

そして俺の伸ばした手をすり抜け、見事にテーブルの上で——ひっくり返った。

勢いよく汁が飛び散って、彩華が「ぎゃー！」と色気もへったくれもない声を上げる。

容器とテーブルの間から茶色の汁が飛び出し、ラグに溢れる寸前で止まる。

しかし彩華の純白のブラウスには腹からズボンの範囲にかけて出汁が付着している。

結構な大惨事だ。

「て……てへ」

「…………」

「ほんとごめん」

さすがの彩華もすぐに切り替えた。

だが改めて見渡しても奇跡的に汁は彩華の服に掛かっただけでラグに溢れた様子はない。

「まあ……ラグは汚れてないから全然良いぞ。あと多分、俺のラグよりそっちの服の方が高い。お前こそ大丈夫かよ」

そう問いかけながら、数枚のポケットティッシュを使ってテーブルを拭く。

然程《さほど》拭き取った量が多くないことを鑑みると、彩華の純白のブラウスがその大半を受け止めてくれたのだろう。

「まあクリーニングで何とかなるだろうし。確かそんなに値は張らなかったはずだしね。……にしてもこのまま動いたら、ラグにつゆが垂れちゃいそう」

逆の立場なら泣《な》き喚《わめ》きそうな場面だが、彩華は至って冷静だった。

続いて「うーん」と唸《うな》った後、俺に言った。

「ごめん、そのティッシュくれない？　ちょっと服拭いてほしい」

緊急事態なのですぐに従い、残り全てのティッシュを袋から取り出した。これなら充分足りるはずだ。

「はいよ」

「ありがと。でもごめん、拭いてほしいのよね。せめて腕と手だけでも拭いてくれないと、動かした瞬間垂れちゃいそうで」

「わ、分かったよ」

俺は渋々彩華の腕を摑み、手に付いた汁を拭き取っていく。

もしかしたら、本来なら彩華の柔らかくも弾力のある身体《からだ》に扇情的な気持ちを抱くところなのかもしれない。

しかし今はそれよりも切羽詰まった問題があった。

「……彩華の身体が肉じゃがの匂い」

「は、はあ⁉　あ、あんたそれ女子に言っていい言葉だとでも思ってんの⁉」

「そうだな、俺はお前に隠し事はしないからな！　肉じゃがはギリセーフだろ？」

「こういう時は隠しなさい、対応力ゼロか！　ギリアウトよ！」

彩華は汁で汚れた自分の服に視線を落としてどうしようか迷う仕草を見せたのち、唐突にガバッと脱いだ。

きっと彩華は一枚肌着を着ているから問題ないと判断したのだろう。

黒の肌着は下着を透かすこともないし、瞬時に選んだ行動にしてはまだマシな方だったのかもしれない。

問題は慌てた際に手元が狂い、肌着ごと捲《まく》ってしまったことだった。

白い肌、白いブラが露《あら》わになって、彩華が「きゃー！」と切羽詰まった悲鳴を上げる。

そして彩華の悲劇は続く。無理矢理服を元に戻そうとお辞儀して足掻《あが》いたものの、二枚重ねで頭部まで届いていた裾が引っ掛かって戻ることはなく、びくともしないのだ。

渾身《こんしん》の力が床に逃げたせいで、倒れそうになった彩華は体勢を整えようと背筋を伸ばす。

しかし視界が閉じて平衡感覚が狂ったのか、後ろに倒れそうになった。

俺は一瞬の逡巡《しゅんじゅん》の後、背中に手を回して身体を支える。

嫋々《じょうじょう》たる肌に温かい体温、直接――。

そう考える間もなく、やけに冷静な声がした。

「……ねえ。本当に悪いんだけど、お願い聞いてくれるかしら」

「……どうした」

何だかとてつもなく嫌な予感がして、俺は平たい声色で訊《き》き返す。

「これ、本当にそういうのじゃないことだけは分かった上で聞いてほしいんだけど」

「そういうのってなんだよ」

「夜の誘いよ」

「ば、何言ってんだ！　ストレートすぎだろ！」

「うっさい、私今ほんとに困ってんのよ！」

……確かにいつもの彩華なら「どこ見てんのよ」だとか「もうちょい見てく？　それなりの代償は貰《もら》うけど」のような言葉を掛けてくるところだ。

そんな軽口の一つもなく、確かに声色には切羽詰まったものが垣間《かいま》見えたような。

「分かった。余裕でめっちゃ冷静に聞いてみせる」

「それはそれでムカつくけど……まあこの際良いわ」

彩華は何か覚悟を決めるように息を吐いた。

服に隠れて見えないが、首元が紅潮している。

それが羞恥心によるものではなく、締め付けられた結果なように思えてならない。

ようやく頭に心配の二文字が浮かんできた時、彩華の静かな声が聞こえた。

「……脱がしてくれない？」

「…………もう一回言って？」

思わず訊き返す。

我ながらこればかりは仕方ないと思う。

彩華がふざけて言った訳じゃないことが伝わっているからこそ、訊き返してしまうのだ。

「……私をこれ以上辱めないで」

「いや、更に辱めるような提案だったような気がするんだけど」

身体から肉じゃがの匂いを放つよりも、露わになった下着を数秒見られるよりも遥《はる》かにハードルが高い気がする。

目を閉じてはあらぬところに触れてしまいそうだし、この際一人で格闘してもらいたいものだが。

そんな俺の思考を読んだのか、彩華は服の中からくぐもった声を出した。

「この体勢で無理に脱いだら破れちゃいそうなのよ」

「クリーニングで汚れが完全に取れるかも分からないのに、死守する必要あるか」

「思い入れのある服だから可能性があるうちは諦めたくないの！」

その一言で、ようやく俺は覚悟を決めた。

「……そうだな。考えてみりゃ、水着で見えてる範囲より少ない訳だ」

むしろ重厚な生地に覆われている方が、服としての機能性は高いはずだ。

そう自分に言い聞かせながら、彩華の正面に座り込む。

「そ、そうね。急に意見変えられると怖いけど、うん、言ってることは間違ってない」

「だろ？　俺に任せろ、一瞬で決めてやる。いいな？」

「え、ええ。任せた、この際ちょっとくらい触っても文句は言わないわ」

「お、女の子がそういうこと言うなって」

「この状況で紳士ぶってんじゃないわよ！」

「俺が招いた状況じゃないんですけど⁉」

そう抗議しながら、俺は彼女の裾を摘《つま》む。

ピクリと彩華の身体が震えた気がした。

急に時計の針の音が聞こえてきて、こんな状況でも緊張してしまっているらしい。

「あー、息苦しくなってきた。早くして……」

「ったく……」

俺は小さく息を吐き、意を決して視線を上げる。

なるべく見ないように、捲《めく》れ上がっている裾と彩華の肘の間に指を入れる。

その際どうしても双丘に指を押し付けることになってしまうが、本人の許可は取った。

中に人差し指を入れて、親指で服を摘む。ここから人差し指の第二関節を胸に押し当て、空間をつくる必要がある。あくまで服を脱がすためだ。

「ちょ……そこに入れるの⁉　モゾモゾさせないで、あんたっ別の場所から……！」

「不可抗力だ、この場所からしかないだろ！　一生その格好でいたいのか！」

「く……でも、んっ」

力を入れると、人差し指の外側に確かな弾力。

側部から触れているというのに、動かすたびにふにふにとした感触が包んでくる。

心なしか彩華の微《かす》かな吐息が聞こえるが、単に息苦しいというだけだ。絶対に。

「ちょっ、と、待って……！」

引っ掛かりを取ると、タガが外れてスポンッと彩華の顔が露出した。

「ぷは！　死ぬかと思った！」

彩華の胸から顔へ視線を上げる。

……いつの間にか視線が吸い込まれていたのだ。

不可抗力とはいえ、ここまでガッツリ見てしまったことへの罪悪感。

どんどん細くなっていく彩華の目。

俺は観念して口を開いた。

「……すみませんでした」

助けた身でありながら、思わず謝ってしまったのも頷《うなず》けるという話だろう。

一瞬の静寂。

しかし彩華はプッと吹き出して、ほんの少しだけ頬《ほお》を赤らめた。

「……そういう目で私を見てくれるようになったのね。ちょっと安心した」

「え？　そりゃまあ……男だからな」

「そうね。あんたも男。……だから嬉《うれ》しいんだけど、まあいいわ」

彩華は小さく笑ってから、こちらに手を差し出した。

白くて細く、艶のある腕。

「な、なんだよ」

「なにまだ興奮してんのよ。普通に服欲しいってことなんだけど」

「あ……おっけ」

腕に掛かった服を、彩華に渡そうとする。

その時、彩華が静かに口を開いた。

「それとも、改めてもう一度触れてみる？　今、結構コンディション良いわよ。お分かりの通り」

彩華はそう言って、胸に手を当てた。

純白のブラジャーに覆われる豊満な胸。少し汗の滲《にじ》んだ胸元の下には、引き締まったくびれ。女性にしかない、瑞々《みずみず》しく柔らかそうな肌。

俺は邪念を消すため、自らの太腿《ふともも》を全力でつねり続ける。このままでは肉が引きちぎれそうだ。

　彩華は再度、「どう？」と問い掛けた。

「……そ、そしたらどうせ、はいディナー一食分ねとか言って怒るんだろ。お、お前の魂胆は――」

「怒らないわよ」

　一言。

　そして彩華は頰を緩めて繰り返す。

「怒らない」

　……本当に怒らなそうな、俺の手をそのまま受け入れてくれそうな。

　そんな柔和な笑みだった。

「か、からかうなよ！」

「からかってるように見える？」

「見える、見える見える。この服から肉じゃがの匂いするし」

　彩華の眉がピクリと動く。

　そしてこちらをジトリと眺めて、不機嫌そうに言い放つ。

「じゃあ早く服返して、変態」

「誰が変態だ！」

そう言葉を返して、服を返そうとした時だった。

——ガチャリ。

聞き慣れた音が、部屋の外から鳴り響いた。
しかし、嫌に近い。
隣の家の人か——
キイッと小さな音を立てて、俺の家のドアが開く。
驚いた俺と彩華は、同時にドアに目をやった。
家族以外に玄関を開けられる経験なんて、普通はない。
だがこの家には家族以外にも、断りなく入ってきそうな存在がいる。
栗色《くりいろ》の髪に大きな瞳。
血色のいい唇に、白い肌。
白いフリルのついた服に、鮮烈な——真紅のパーカー。
小悪魔な後輩は、俺たち二人を眺めて目を丸くした。
それはもう、物理的に飛び出さんばかりの勢いで。
「せ……せんぱああい!?」

家に怒号が響いた。

◇◆

「……この光景には、色々深い訳があってだな」

俺が手を掲げると、志乃原は「いやいや！」とかぶりを振る。

「だって彩華さん、した、下着じゃないですか！　先輩もほら、その手に持ってるのは彩華さんの服じゃないんですか⁉」

「俺の服だ！」

「無理あるでしょ……」

後ろから彩華の呆《あき》れたような声が聞こえてくる。

しかし志乃原の耳には届かなかったらしい。

ズンズン彩華の方へと進み、志乃原は両手を組んで見下ろした。

「彩華さん、ここで何してるんですか」

「なにって、何してるように見えてんの」

「答えは、ナニです！　先輩たちそういう関係だったんですか？　健全な関係って信じてたのに！」

志乃原は両手を広げて、大きな身振り手振りで俺たちに訴えかける。

あまりにも仰々しい志乃原の言動に、彩華は弁明するのを中止して小首を傾《かし》げた。

「……なんか演技っぽいわね」

「うっ」

志乃原の顔にギクリとした色が見えた。

デジャブ。

それは俺が志乃原とクリスマス当日に出掛けた、お高いディナーを食べていた最中の記憶。「このディナーも、本当はその彼氏と食べるつもりだったのに！」と芝居がかったセリフを口にした時だ。

俺もその出来事を思い出し、そこで初めて違和感を覚えた。

「志乃原、お前なんで家に入ってこれた」

「え？　いや……その。先輩に鍵返すの忘れてたっていうか……」

「……普通そのまま持っておくか？」

「せ、先輩。怒ってますか？」

どうやら怒られることへの恐怖で、この状況への驚きが薄れているらしい。

ぶっちゃけ全然怒っていない。

鍵を預けて放置していたのは俺だし、就活で疲れた日に時折作り置きをしてくれたりと世話になった面もある。

家に来る時は毎度申告があったから問題ないし、むしろＯＫスタンプ一つで返信を済ませていた俺にも非がある。本来俺が鍵を返してもらうべきだった。

だが今は、事を穏便に済ませるのが優先だ。

「怒ってないけど、インターホンくらい鳴らしてくれ。ここはお前の家じゃないんだぞ」

「でも私のナワバリですよ？　午前中の先輩は寝てることが多いので、インターホンで起こすのが忍びないという私なりの気遣いもありましたし！」

「ナワバリってなに？　お前いつの間に動物になったの？」

「ええ、私哺乳類ですがなにか」

「そういう話をしてんじゃねーよ！」

思いの外、俺の作戦の効果は薄かったようだ。

というより効果無しといっても過言ではない。頼みの綱は——

「真由、演技はやめなさいったら。悠太《ゆうた》にバレて、私にバレない訳がないでしょ」

「う……でもでも結構衝撃的な光景だったのは間違いないですし……」

さりげなく失礼な発言があったような気がするが、志乃原の勢いはあからさまに萎《しぼ》んでいく。

この後輩はすっかり彩華に手綱を握られたようだ。

彩華も満足げに頷いて、最後に一つ付言した。

「光景だけ見たらショックだったかもしれないけど、そういうことはないから」

これが志乃原にとっては余計な文言だったらしい。

目に対抗心という名の炎が宿ったのが、俺からでも分かった。

「衝撃は受けましたけど、ショックかと訊《き》かれたら分かりません。私が欲しいのは、別に先輩の身体《からだ》じゃないですから。彩華さんと違って！」

「わ、私だって違うわよ！」

そこで彩華は初めて動揺したような仕草を見せた。

いつもなら軽く躱《かわ》しそうな煽《あお》りだが、志乃原相手だと捉え方が異なるのだろうか。

「どうだか。まあ今の私は、ナワバリを荒らされて不機嫌というのは間違いないです」

「だから何がナワバリだ、ここ一応俺ん家《ち》だぞ！」

「家主様は黙っててください！」

「家主なのに⁉」

志乃原は彩華から目線を逸《そ》らさない。

どうやら形勢は対等になったらしく、志乃原は威風堂々と宣言した。

「私、志乃原真由は彩華さんに対戦を申し込みます。先輩とハレンチな行動をしていたお詫《わ》びに、勝負してください！」

志乃原は腰に両手を当てて言い放つ。

彩華は腰を上げて、あからさまに顔を顰《しか》めた。

ここまで負の感情を表に出すのは未《いま》だ珍しい光景だ。

「……百歩譲ってあんたの言う通りのことをしてても、真由に詫びる義理ってあるのかしら」

「じゃあ理由はないですが勝負です！」

志乃原のことだし滅茶苦茶《めちゃくちゃ》な勝負を仕掛けそうな気がする。

俺は事前に止めるため、二人の会話に割って入ることにした。

「おい、別に理由ないんだったら仲良くしろって。俺の家で喧嘩《けんか》すんな」

「そうよ、そんなのノる訳ないでしょ。あと真由、悠太が言ったようにあんた声が大きいから。お昼とはいえ近所迷惑になるわよ」

至極もっともな返事だったが、志乃原は何故《なぜ》か勝ち誇ったような顔を見せた。

「意外と壁厚いんですよこの部屋。あー、そんなのも知らないなんて彩華さんってよっぽど先輩に家に呼んでもらえなかったんですね？」

「その喧嘩買ってやろうじゃない!!」

「おい!?」

突然豹変《ひょうへん》した彩華に、俺は思わず仰《の》け反《ぞ》った。

志乃原もいざ彩華に詰め寄られると若干日和《ひよ》ったらしく、瞬《まばた》きの回数がやたら多くなる。

「あんた、負けたらどうなるか分かってるのよね？」

「……参考までに教えてください」

「抹殺」

「代償おも⁉」

さすがの志乃原もたじろいで、俺に助けを求めるような眼差《まなざ》しを送ってきた。

しかし俺が反応する前に、彩華の手が伸びて志乃原の顎を摘《つま》む。

力ずくで彩華の方向へ向き直らされた志乃原は、「ぎゃっ」と小さく悲鳴を上げた。

「で、お題は何なのよ」

「お、お題は……どっちが先輩との距離を縮められるかです！」

彩華が目をパチパチさせる。

「それって、今の距離からって解釈でいいのよね？」

「え？　あ、そうですね。はいそうです！」

……絶対そこまで深く考えてなかったな。

俺が内心呆れていると、彩華はあっさり首を縦に振った。

「まあ、いいけど」

「えっ」

「安心して、あんたの時間はなるべく取らせないようにするわ。真由と私で半日ずつね」

「え？　それじゃ全然足り――」

「真由？」

彩華は満面の笑みを志乃原へ向けた。

志乃原は一瞬で掌《てのひら》を返して、赤べこの如《ごと》き勢いで頭を縦に振る。

「あんたもそれならいいでしょ？」

「いや……でも、距離縮めるってなんかちょっとデリケートすぎやしないか」

俺の返事に、志乃原は何か言いたげに口を尖《とが》らせる。

しかし彩華に目で制されて、すぐに言葉を飲み込んだ。

「男子同士でも、あんたと藤堂君は距離近いじゃない。真由の言ってる〝距離〟ってのは、そういう意味よ」

彩華はスラスラ言葉を連ねて、最後に志乃原へ視線を投げる。

「でしょ？　真由」

「え、ええ。その通りですね」

……いつの間にか彩華が会話の主導権を握っている。会話の進め方に関しては、やはり彩華が一枚上手のようだ。

かくいう俺は二人ともに劣るので、先程から何も喋《しゃべ》れていない。

そしてその弊害で、一つの問題が発生していた。

それは俺に断る選択肢が用意されていないことだ。

「巻き込まれてる身で何なんだが、これで断ったら俺悪人じゃない？」

「そうですね」

「まあそうね。ていうか服返せ！」

「久しぶりに理不尽な目に遭ってる気がする」

服を彩華に返した俺は、思わずそう呟《つぶや》いた。

女子二人からの返事も、こういう時に限って統一されている。

人から距離を縮めたいと言われて断るなんて、相当な胆力が無ければできない。距離を縮めること自体は良いことだし、気の合う人から言われたら少なからず嬉《うれ》しいからだ。

そして先んじて手を打たれてしまったが、日程押さえも完璧だ。

俺が「空けれても一日くらいだ」と言ったのはつい昨日の話。その言質《げんち》の効力が最大限に発揮されている状態で「半日ずつ」と言われては、就活の忙しさなどを理由に断ることもできない。

さすが彩華、死角がない。

巻き込まれたとは思わない。

もう俺たちの仲は三人ぐるみで深いものだ。

それを証明するかのように、彩華は黒の肌着を着た後、志乃原からパーカーを借りた。

「ありがと。じゃあ、真由。また来週、学祭の準備の集まりの時に。詳しくはその時話そ」

「はい、それは任せてください。私、公私混同はしないので！」

「これに関してはあんたが参加したいって言ってきたんだけどね……まあいいや」

彩華は可笑《おか》しそうに笑みを溢《こぼ》す。

それから汚れたブラウスを片手に志乃原の腕を摑《つか》み、二人でこの家を出て行った。

志乃原は去り際に、「先輩っ前に約束した一日をその日にしますから！」と言い残す。

そして、一瞬見えた彩華の表情。

覚悟が決まったような、そんな笑み。

俺は暫《しばら》くその場に座り込み、やがて深い息を吐く。

――これは、ただの予感だ。

勝負という言葉を被《かぶ》せた、別の何か。

二人の会話は、それを暗に示している気がした。

第6話　建前

学祭に際して設けられた、ミスコン運営に所属する女子たちが集う買い物の日。
私は単独行動で雑貨屋さんに赴いて自分に似合う衣装を探しながら、一つの思索を終えた。

――そろそろいいかな。

目の前の陳列棚には衣装に適しそうなドレスが並んでいる。
でも今のはドレスに対しての思考じゃない。
現状について考え続けていたことに、不意に結論が出た。ただそれだけのことだ。
私は雑貨屋さんの隅っこで蹲《うずくま》って、ドレスを探すフリをする。
……最近の私は、先輩のことばかり考えていた。
最近先輩と会えない時間が続いていたけど、あんなに会えなかったのは知り合ってから初めてのことだ。

出会った直後なら然程《さほど》気に留《と》めなかった状況だったと思う。

でも先週までの私は見事に意識してしまっていて、先輩の顔が脳内でグルグル、グルグルと回り続けてた。

私の中で、先輩の存在がますます肥大化した証拠。

理想と現実が離れている証拠。

「……先輩のばーか」

そう呟《つぶや》いて、唇を尖らせる。

当人はきっと、私じゃない何かで頭が一杯だったんだろう。

女の人で頭を一杯にしている訳じゃないことが解《わか》ってるから、あんまり焦る気持ちはなかったけれど。

普通なら、いつも隣で過ごす彩華《あやか》さんの姿を見れば多大な焦燥感に襲われるところかもしれない。

でも私には、彩華さんも自分と同じように先輩へ気を遣って接しているのが判《わか》ってた。

だから先輩と距離が空いた期間、一度冷静になる時間を確保できたのだ。

……この気持ちが錯覚なんじゃないかって。

かつて遊動《ゆうどう》先輩と付き合った時のような〝恋人らしいことをしてみたい〟という願望や

彩華さんへの対抗心を、先輩を大切に想《おも》う気持ちだと錯覚してるんじゃないかって。

でも、やっぱりそんな訳なかった。

一緒にいるだけで、ある種満足してしまうくらいの幸福感。

無理に関係を発展させなくても、幸せだと思える満足感。

何度思い返しても、こんなに胸が熱くなる経験なんて初めてだった。

だけどこの停滞のままじゃいけないという葛藤もある。

……現状維持は、今に満足しているならそれで良い。

幸せを保つことだって充分難しい。幸せが無くなる時は突然だと、私はもう知っている。

両親の離婚もそうだったけど、それだけじゃない。

サークル合同の海旅行の時だって——その瞬間を垣間見《かいまみ》た。

一つの幸せが崩れるきっかけになった出来事は、些細《ささい》なすれ違い。

外野から見たら口を挟みたくなるくらいのものだったけど、そんな些細なきっかけも積もり積もればやがてどこかで亀裂が入る。

そして、〝些細なきっかけ〟は私と先輩の周りにも沢山転がっている。

だからこそ、私と先輩との時間は無限に続く訳じゃないと確信できている。

普段の私はおめでたい思考の持ち主かもしれないけど、やっぱり幸せが未来永劫《みらいえいごう》続くと思えるほどの人生じゃなかったから。

――だから、そろそろだ。

先輩が下着姿の彩華さんと向き合っている現場に遭遇したのも、この結論に至った一つの要因といえる。

目の前に広がっていた、驚きの破廉恥な光景。

さすがに最初はびっくりして大きな声を上げてしまったけど、焦りはなかったし嫉妬だって殆《ほとん》どなかった。

それどころか、私の胸が久しぶりに躍ったのを感じたのだ。

……これだ。

これを機に、動こうって。

現状維持なんて考えるな。

望んだ未来を摑めるのは、望んだ未来を摑むために動いた人だけ。

今という現実よりも素晴らしい未来があるのなら、私はその未来のために動きたいから。

覚悟、決めなきゃ。

「――真由《まゆ》？」

「んっ」

思考から現実へと引き戻される。

凛《りん》とした声は、私の視界をすぐに明瞭にした。

いつの間にか場所を移動して変テコなご当地キャラが描かれたフェイスタオルを握っていて、思わず目を瞬かせる。

声のした方を見上げると、彩華さんが心配そうな表情でこちらへ屈《かが》んだところだった。

「大丈夫？　貧血？」

「あ……」

ようやく自分が心配をかけていたことを自覚して、ガバッと立ち上がった。

「全然大丈夫です！　……むぁぁ」

力が抜けて、重力の赴くまま顔を伏せる。

……ほんとに立《た》ち眩《くら》みがしてしまった。

彩華さんはますます心配した声色で、「ちょっと、もう帰りなさい！　私が送るから」とスマホを弄《いじ》り始める。

ミスコン運営に誘ってくれたのは、他でもない彩華さん。

一緒に此処《ここ》へ来たメンバーに連絡しようとしているのが分かって、私は慌ててかぶりを振った。

「だ、大丈夫です！　彩華さんが誘ってくれたんですし、彩華さんだけでも残ってください。ていうかほんとに大丈夫なんです、考え事してただけで、全然体調は万全なんです」

必死に弁明した私だったけど、彩華さんの目が細まったことで、すぐに藪蛇《やぶへび》を自覚した。

「そ、大丈夫なのね。それでも自分が残るって言わないんだから、今日乗り気じゃないんでしょ？　気遣わなくてよかったのに」

「うぇぇ……バレた」

彩華さんの言う通りだった。

ミスコン運営といえど、ドレス選定には正直あんまり興味ない。私が彩華さんの誘いを二つ返事で了承したのは、もう一度同じコミュニティに身を置きたいって思ったからだ。

でも運営の内容自体は結構地味なものだった。ハロウィンパーティーもそうだけど、彩華さんはそんな運営に毎度のように携わってるらしい。

私はドレスに視線を移して、思考を巡らせる。

この衣装屋さんには自分に似合うだろうなって思うドレスがいくつかあるけど、誰にでも似合いそうなデザインでもあるから唆《そそ》られない。

どうせなら私にしか着られないドレスがあればなって思う。

私でも似合うドレスよりも、私じゃないと似合わないドレスを。

そんなドレスを誰かに着させるより、私自身が着こなしたい。

これって多分、私にとっては恋愛にも当てはまる思考回路だ。

今まで「付き合ってください」って告白されたのは一度や二度じゃない。

でも「お前じゃなきゃダメなんだ」なんて直接的な言葉は一度も言われたことがない。

長らく〝恋愛なんて何の得もない〟って思ってたけど、もし言われていたらその価値観も変わっていたかもしれない。

……まあ、今となっては考えても仕方ないけど。

その言葉を言ってほしいなって思える人が、今ではたった一人に絞れているのだから。

先輩に、お前じゃなきゃダメなんだって言われてみたい。

その時の私は一体どんな気持ちになるんだろう。

まだ知らない感情を、早く知りたい。

でも、その感情を知ることへのハードルの高さも自覚してる。

だって先輩は、礼奈《れいな》さんに靡《なび》かない人。彩華さんに靡かない人。

……ほんと、冷静を通り越して堅物だと思う。「そういうドライなところ好きですよ」って本人に言ったこともあったけど、まさかここまでとは。

「この際、私も抜けようかな」

「え？」

不意に放たれた彩華さんの一言に、私は短く声を漏らした。

私の思考が大きく脱線していたというのもある。

でもそれ以上に、彩華さんの口から出るには違和感のある発言のような気がしたから。

「私も真由と一緒に抜けるわね」

彩華さんが繰り返して、どうやら聞き間違いじゃないことが分かった。

彩華さんは薄地のカーディガンを靡かせてレジに向かって歩き始める。手には真紅のドレスを写したレンタル券。どこにあったのか判らないけど、私の好みドンピシャだった。

彩華さんにその選択肢を取られたのは中々痛かったけど、また探せばいい。

それよりも今は、先程の発言に言及するのが先だ。

お会計を終えて店を後にする彩華さんに、後ろから質問を投げてみる。

「彩華さん。抜けるって、大丈夫なんですか？」

この場に先輩がいたら同じことを訊《き》いたはず。それくらい先程の彩華さんの発言は意外だった。

私の問いかけに、彩華さんは振り向きざまにニコッと口角を上げる。

「余裕よ。今日の買い物は私が企画したんじゃないしね。真由以外の皆《み》んなはもうドレスのレンタル券予約したみたいだし、今から遊びが始まる雰囲気なの。抜けるならこのタイミングくらいしかないわ」

そう答えた彩華さんは、耳にスマホを当てた。

それからすぐに明るい声色で、電話先の相手に事情を説明し始める。

今日はレンタルするドレスを予約するため、ミスコン運営の女子が集まっている。

当初は各自で買う案内だったけど、流れに身を任せてたら今日という日への参加が確定していた。

それ自体は全く嫌じゃなかったし、むしろ前日は少し楽しみだったくらいだけど、いざ参加してみたら何となく居心地が悪かった。興味の希薄さは勿論《もちろん》、皆んな歳上《とし》という理由もあるかもしれない。

彩華さんもきっとそれに気が付いたからこそ、離脱する選択を取ってくれたんだと思う。

再会したての彩華さんなら、こんな行動は取らなかった気がする。

世間体を意識した振る舞いを貫いて、元いた集団へ戻ったはずだ。

……彩華さん、やっぱり変わったんだ。

「なによ、そんなにジッと見て」

電話を終えた彩華さんは、若干怪訝《けげん》な表情を浮かべた。

「うーん……彩華さんが変わったのって、やっぱり先輩のおかげなのかなぁって考えてました」

「……んん」

彩華さんは照れたような、気まずいような顔で見つめ返す。

何か言いたげみたいだけど、しっかりした反論は出てこなそう。やっぱり図星みたいだ。

だったらもう一つ訊きたいことがある。

自分が少しずつ変わっていると自覚しているからこその疑問だ。

「先輩——悠太《ゆうた》先輩って、人を変える力あると思います？」

「なによ、藪《やぶ》から棒《ぼう》に。……随分難しい質問ね」

そう言って、彩華さんは小首を傾《かし》げた。

質問した手前なんだけど、ちょっと予想外の回答だ。

彩華さんは実際先輩に変えられてるんだから、そこはすんなり認めるものかと思っていた。

そして更に予想外の答えが返ってきた。

「悠太が一人で何かを発して、それに誰かが触発されることは……正直あんまりないんじゃないかしら」

「き、厳しい！　先輩が泣いちゃう！」

「これで泣くなら泣かしとけばいいのよ」

彩華さんは肩を竦《すく》めて、言葉を続けた。

「私が変わったのは、私があいつを大切に想ってるからよ」

淡々とした口調だった。

改めて彩華さんに先輩への想《おも》いを口にされたけど、普段ならちょっと言葉を挟みたくもなるところだったかもしれない。

でも今は続きを聞きたい気持ちが勝っている。

私は耳を傾ける。これから彩華さんの口から紡がれる言葉は、私の心をも映し出すような気がした。

「——誰かに大切に想われる。その条件をクリアしたら、きっと誰だって人を変える力を持てるのよ。人が何を言うのかが重要なんじゃなくて、誰が何を言うのかが大切だと思うし」

彩華さんは身体《からだ》をググッと伸ばして、吹き抜けになった天井を見上げた。

「だから、世間からみれば今の悠太が特別な存在ってことはないと思うわ。私にとって特別なだけ」

「……なるほど」

思わず敬語が外れてしまうくらい、納得してしまった。

先輩と第三者が同じ言葉を発しても捉え方は変わる。

当たり前のことだけど、いざこうして言葉にされたら改めて実感した。

……彩華さんはいつも私の先を歩いてる。

「じゃあ私のこの納得感も、彩華さんが言った結果ってことですね！　私が彩華さんをソンケーしてるからだ！」

口角を上げて、Ｖサインをした。

茶化《ちゃか》すように答えちゃったけど、実際私は彩華さんを指標にする時がある。

過去に色々あったけど、尊敬していることは間違いない。

でも、悔しい気持ちが皆無な訳でもない。

そんな様々な感情が混在した胸中を晴らすため、わざと戯《おど》けてみせる。

彩華さんはそんな私の態度に、ちょっとだけ苦笑いした。

「ねえ、そう言われちゃうとなんだか傲慢な発言しちゃったみたいにならない？　私」

「えー、ならないですよ。私は彩華さんの言った内容をそのまま聞いて、一度自分で飲み込んで納得したんです。盲信的に納得したんじゃないですから」

「そう。……真由らしいわ」

私らしいってなんだろう。

そう考えた時、彩華さんは私の頭をポンポンした。

先輩の掌《てのひら》とはまた異なるスレンダーとふくよかさを両立させたような肉付きからは、慈愛のような感情が伝わってくる。

……今の彩華さんは、私を見てくれてる。

——これから、志乃原《しのはら》さんと向き合わせて。


梅雨明けの体育館で紡がれた言葉に嘘《うそ》はなかった。

彩華さんは嘘を吐《つ》かない。

だからさっきの言葉も、全部真実だということ。

やっぱり彩華さんは最強の先輩で、最強のライバルだ。

「はい、あんたにあげる」

唐突に彩華さんがこちらに紙袋を差し出した。

私は目をパチパチさせて、ひとまず受け取ってみる。

中には先程購入されたレンタル券が入っていた。

「え、これって」

「プレゼント。今まで何にもあげられてなかったから」

「……その心は？」

「なによ、あいつみたいなこと言うのね」

彩華さんはクスリと笑い、言葉を続けた。

「その心は……真由、ミスコン出場してみない？　かな」

「えっ」

「真紅のドレスなんて、あんたにしか似合わないわよ。丁度出場予定者にキャンセル出たしね」

「ちょっ、私がですか？　吝《やぶさ》かではないですけど、私よりも——」

「どっちにしても、今から私に付き合いなさいよ」

私は目をパチクリさせた。

ミスコン出場が唐突に決まりそうなのも衝撃的。

でも彩華さんから二人の遊びに誘われることの方が、私にとっては強い衝撃だった。

「行こっか。なんだかんだ私たち、二人で遊びに行ったことないわよね」

「い、今からですか⁉　色々めっちゃ急なんですけど！」

嬉《うれ》しさを隠すつもりで、口を尖《とが》らせてみる。

この場で素直に喜んでしまうのは、なんだか負けた気がしてしまうから。

彩華さんは下りのエスカレーターに乗ってすぐ、こちらへ振り返った。

「当たり前でしょ。ただであっちの遊びキャンセルしたと思ってる？　あっちを断るからには、こっちも楽しまないとね」

彩華さんは悪戯《いたずら》っぽい笑みを浮かべてそう言った。

先輩へ抱く感情とはまったく異なる熱い想いが、胸の底から湧いてくる。

……向き合ってくれてるだけじゃない。

――私、彩華先輩とも仲良くなりたいです。

梅雨明けの体育館で、自分が発した言葉が脳裏に過《よ》ぎる。

……仲良くなれたかな。

もしかしたらすぐに、また喧嘩《けんか》だってしちゃうかもしれない。

奪い合う関係性という以上、避けられない亀裂だってあると思う。

でも、今だけは。

「……皆んなにバレないようにしなきゃですね」

「大丈夫よ、バレたら無理矢理《むりやり》連れて来られたって言うから」

「まさかの捨て駒扱い⁉」

私が大きな声を上げてみせると、彩華さんはクツクツと笑う。

……今だけは、この時間を楽しみたい。

中学時代に望んだ時間を、私はようやく手に入れられたんだから。

◇

◆

私たちは日が落ちるまで遊んだ。

彩華さんにお気に入りのカフェへ案内してもらったり、閑静な公園で駄弁《だべ》ったり。

特に何か特別なことをする訳でもなく、それでいて心地良い時間が過ぎていく。

ディナーの場所は彩華さんオススメのお洒落《しゃれ》な隠れ家。

一日の締めにぴったりのインスタ映えしそうなメニューたちがテーブルに並ぶ。

写真を撮ることも忘れて、私たちはたっぷり一時間食べ続けた。

そして食べ終わったのは、時計の針が二十二時を過ぎた頃。

ようやく自分の分を片付けられたので視線をテーブルの向こう側へと移すと、彩華さんがお腹《なか》をさすりながら言葉を発するところだった。

「はあ、お腹いっぱい……最初メニューが届いた時は量を間違えたと思ったけど、何とかなるものね」

「彩華さん、太りますよ。こんなに食べたら太っちゃいますよ！」

「あんたもね。デリカシーない男みたいなこと言うのやめなさいよ」

「うう……三日くらい野菜オンリーの生活に切り替えるしかないかもです」

私も同じようにお腹をさすって、天井に向かって深く息を吐いた。

これで少しでもカロリーが逃げればいいなと思ったけど、そんな甘い話があったら苦労はない。

男子よりも筋肉量に劣る女子は、太りやすいのに痩せにくい。

効率的にバストに脂肪がいってくれたらいいのにって、これまで何度思ったことか。

その甲斐《かい》あってか、平均よりも大きく育ってくれたけど。

そんな思考に耽《ふけ》っていたら、自然と視線がある部位へ吸い込まれた。

「……彩華さんって大きいですよね」

「え？」

彩華さんは目を瞬かせた。

私の視線で何を伝えたいのか察したらしく、呆《あき》れたように口元を緩める。

「あんたもしっかりあるじゃない。男がちょうどいいって思う大きさなんじゃない？」

「男子って大きいほど好きなんじゃないんですか？」

「さあ……私に訊《き》かないでよ」

彩華さんは頬杖《ほおづえ》をついて、視線を逸《そ》らした。

どんな思考に走ったのか、今なら察せられる。

「先輩はどっちが好きなんでしょうね」

私の言葉に、彩華さんは口をキュッと結んだ。

頬が少し赤くなっている。

「……知らないわよ。でも、意外とバランスとか求めてきそうでムカつくわ」

「あー、分かります。なんだかんだ大きいだけで内心喜んでそうですけど、口ではバランス重視って言いそうですよね」

「そうそう」

彩華さんはクスクス笑みを溢《こぼ》した。

本人のいないところで酷《ひど》い言い様だけど、語れる人がいるとついつい話が盛り上がってしまう。

今日だけでも、何度かこういう時間があった。

「……まあ、本心はまだ分からないけどさ」

彩華さんは小さく笑って、お冷やを一口飲んだ。

まだ分からない。

つまり、事を終えないと分からないということ。

……そこで私はふと気になることがあった。

以前だったら絶対に訊けなかった内容でも、今だったら。

「彩華さーん」

「ん？」

彩華さんがこちらにチラリと視線を戻す。

「ぶっちゃけ先輩とどこまで進みました？」

「……はい⁉」

私の質問に大いに驚いたようで、彩華さんは目を見開いた。

数秒無言で見つめ合う。

私が負けじと視線を返していると、やがて彩華さんはお冷やで三回喉を鳴らした。

細めの喉がコクコク動いて、乱れた気持ちを落ち着かせているのかな、なんて邪推してしまう。

「何よ急に。す……進む訳ないでしょ、付き合ってもないんだから」

「そうですよねー」

やっぱり彩華さんの貞操観念はしっかりしていたようだ。

十中八九、付き合う前にキスをすることだってあり得ないはずだ。

少なくとも、先輩が下着姿の彩華さんと向かい合っていた光景は心配するまでもなかった。

先輩は人の気持ちに対して、致命的に鈍感だという訳じゃない。

そもそも致命的に鈍感だったら、円滑に人間関係なんて構築できない。きっと私たちの気持ちには薄々気付いてるはずだ。

それでも具体的な行動に移さないのは、怖いから。

先輩は、現状に満足してる。だから私たちの気持ちに気付いていないと自分を騙《だま》してる。

それが意識的なものなのか無意識的なものなのかまでは判《わか》らないけど、そう考えるとしっくりくる。

……だったら私から、その意識を変えてあげなきゃ。


……勝つ見込みは十二分にある。

海旅行の二日目にあからさまな誘惑をしてみた時、先輩はしっかり意識していたから。

あの時は絶対、私を女だと意識していた。

その感情に付け込むのが最短距離という可能性も考慮したら、彩華さんよりむしろ私の方が有利とすらいえる。

彩華さんが絶対に取らない選択肢を視野に入れてみるのも良いかもしれない。


——そう思案した時、礼奈さんの顔が過ぎった。

線香花火に照らされる、満足げで哀《かな》しい顔。

自分の行動に後悔はないという強かさ、それに相反して滴《したた》る涙。

……私の脳裏に過ぎった選択肢は、きっと礼奈さんが実行したに違いない。

だって、二人は全部済ませてる。

一年も付き合ったのだからそう考える方が自然だ。

だから先輩が最も女性を感じる相手は、元カノの礼奈さん。

でも、きっと礼奈さんは。

……夜に線香花火をしていた時、確信はなかった。

でも海旅行が終わってから先輩を見ていたり、時間が経《た》つに連れて、疑念は確信へと変移する。

だから、私は同じ轍《てつ》は踏んじゃいけない。

ちょっと誘惑するくらいなら効果的かもしれないけど、やっぱり一線を越えてはいけないと思い直す。

先輩が性的な行動で思考を変える人格の持ち主なら、家にお邪魔している間に過ちの一回や二回起こったに違いない。

そういう過ちが起こらないと確信してたから、私が安心できる居場所にもなり得たんだ。

先輩に対して私が歯痒《はがゆ》く感じる一面は、同時に先輩の良さでもある。

何事も表裏一体だ。

「あいつってほんとにそういう欲があるのかしら」

「ありますよ」

聞こえてきた呟《つぶや》きに思わず即答したら、彩華さんが眉根をギュッと寄せた。

「なに。あいつ、あんたに何かしたの」

「あ、あはは―。私は何をされても、同意の上なので大丈夫です」

「……」

彩華さんが目を細める。

……とんでもない見栄《みえ》を張ってしまった。

これで彩華さんが先輩に真実を聞いたら、私は凄《すご》く痛いヤツ認定されてしまう。

渋々否定しようと思った時、彩華さんは小さく息を吐いた。

「ま、そうね。あいつも男だし」

「……あ、彩華さんこそやっぱり――」

「この話は終わり」

「……分かりました」

掘り下げても、お互い良いことはない。

話をピシャリと切ってくれたことに安堵《あんど》して、私はお冷やを一口飲んだ。

彩華さんも同様にお冷やで喉を鳴らした後、「ったく、あいつは……」と呆れたような声を出す。そこに咎《とが》めるような色はなかった。

……こういう節々で、二人の信頼関係の厚さを実感してしまう。

私に分からない先輩の一面を、彩華さんは知っている。

私が知らない過去を、彩華さんは知っている。

私は──

弱気な思考回路に陥ったのを自覚して、私はブンブンかぶりを振った。

過ごした時間がそのまま味方してくれるなら、恋愛に苦労はない。

礼奈さんだって、学祭を終えて一ヶ月余りで先輩と恋仲になったんだ。

逆にこれだけ過ごした彩華さんが恋仲になっていないということは、彩華さんの魅力が──

そんな意地悪な考えとともに、彩華さんに視線を移した。

真正面から見つめ合うと、彩華さんの長い睫毛《まつげ》が思慮深く揺れる。

「ん。なによ」

「絶対魅力的ー!!」

「うわ!?」

焦った彩華さんが私の口を塞いできて、ようやく我にかえる。

丁度アップテンポのBGMが鳴っていて助かった。

壁の厚い個室とはいえ店内なので、素直に「すみません」と引き下がる。

でも叫ばずにはいられなかったのだ。

今しがたの思考が如何《いか》に見当違いなものだったかと、自身の視界に入る容姿の全てがそう主張しているようだったから。

彩華さんがずっと隣にいるのに恋愛感情が芽生えてこないなんて、これからの行動原理を覆す懸念さえ湧いてくる。

「先輩って、そもそも恋愛する気あるんですかね！」

私のやけくそ気味の問いに、彩華さんはパチパチと瞬《まばた》きしてから視線を逸らした。

もしかしたら彩華さんも似たような疑念を抱いていたのかもしれない。

本当に恋愛する気がゼロだったら、そもそも今攻めること自体の意味が希薄になる。

それどころか、現状のままチャンスを窺《うかが》うという選択肢が最も現実的な気さえする。

これでは話は振り出しだ。

「……どうかしらね」

彩華さんは少し遠い目をして、お冷やを飲み干した。

空になった容器から、水が一滴滴り落ちる。

「でもさ。待ってる間に誰かに奪われたら後悔するんじゃない？」

「先走って関係性が壊れても、後悔はすると思います」

「やらない後悔より、やる後悔っていうわよ」

彩華さんの声色は、単に浮かんだ言葉を並べているだけの固いものだった。

私と彩華さんの会話の色が薄れていく。

色が消えて、黒く塗り潰されていく。

どんどん彩華さんの心が隠れていく感覚。

自分の心が閉ざされていく感覚。

でも、仕方ないことだ。

かつて中学時代に望んだ時間は確かに楽しいものだけど、こうして先輩について話す時はどうしても本心を隠さなくちゃいけない。

お互い先輩を狙っていることは明白でも、明言していないのはそれなりの意味があるからだ。

一度明言すれば、きっと対立は避けられない。

先輩は一人しかいないのだ。先輩は一人にしか振り向いてくれない。

先輩には二人を同時になんて器用さもないだろうし、あっても困る。

私と彩華さん、それぞれの結末が分かれることは必至だ。

とはいえ私も彩華さんも、仲違《なかたが》いしたい訳じゃない。

仲直りしたばかりだし、彩華さんの誘いで共通のコミュニティだってできた。

争ってもお互いマイナスしかないし、これからも仲良くしていきたい。

――〝仲良くね〟って言ってたよ。

那月《なつき》さんから伝えられた、礼奈さんからの言葉。〝遠慮しないでね〟の後に続いた言葉だったこともあり、ずっと先輩に対してのことだと思ってた。

でも、もしかしたら。

……礼奈さんは私の葛藤を見通してたんだろうか。

視線を移すと、彩華さんもどこか遠い目をして物思いに耽《ふけ》っている様子だった。

きっと私たちは、同じ人物を頭に浮かべている。

今しがたのやり取りは私たちの思考を映し出したものではなく、過去の情景を色濃く想起させるためのもの。

「礼奈さんのこと考えてるんですか？」

私の問いに、彩華さんは答えなかった。

店内のＢＧＭが一旦途切れて、また新しい曲が流れ始める。

アップテンポから曲調が変わり、しっとりした雰囲気へと変移する。

「……礼奈さんって強いですよね」

「……そうね」

やっぱり、彩華さんも。

彩華さんは目を伏せて、小さく息を吐く。

……彩華さんも、礼奈さんから何らかの言伝《ことづて》を貰《もら》ったんだろう。

私へのものと同一かは解《わか》らないけれど、不思議とそう確信できた。

礼奈さんはきっと、先輩の周囲にいる私たちに——先輩のために、何かを遺《のこ》したんだ。

そう考えたら、口を開かずにはいられなかった。

「彩華さん。私たち、今後悔すること前提で話してるじゃないですか」

私の発言に、彩華さんは視線だけをこちらに移す。

「でも……あの日の夜の礼奈さん、後悔はしてないみたいでしたよ。数分のうちに色んな表情を見た気がしますけど、後悔の色だけは見えなかったです」

この見解を彩華さんに伝えて、一体どんな意味があるのか判らない。

でも、今しかこの話をすることはできないという不思議な確信があった。

彩華さんは私の言葉を反芻《はんすう》しているのか暫《しばら》く声を発しなかったけど、やがて答えた。

「……後悔することを恐れて行動しなかったら、それこそ一番後悔するのかもね。でも簡単に踏み切れたら苦労ないし、難儀な話」

彩華さんは誰にでも当て嵌《は》まるようなことを言って、空になった容器を口に運ぶ。

でも、先程の固い声色とは明らかに違っていた。

自分に言い聞かせるような。そして私にも言い聞かせるような声色だった。

「やるだけやったら、後悔しなくて済むのかしら」

最後にそう付言して、彩華さんは口を閉じた。

彩華さんも、きっと迷ってる。

礼奈さんの姿を見て、自分の姿と重ねてしまうのだ。

気持ちは痛いほど解る。

私も彩華さんも恐れてる。

自分が凶を引いてしまうことを。

私たちが決死の想《おも》いで引くモノには、どちらかに凶が入ることは確定している。凶しか入っていない可能性だってある。

だからこそ、礼奈さんの姿を見て、自分の未来がリアルに想像できてしまったのだ。

礼奈さんの姿を見て、礼奈さんは私たちの背中を押してくれたのかな。

……私には絶対同じことはできない。

ライバルの背中を押すことなんて、絶対に。

「ま、今更か」

彩華さんがポツリと呟いた。

視線を上げると、彩華さんが真《ま》っ直《す》ぐこちらを見据えている。

「今更って、どういうことですか？」

「うん。あいつの家でした勝負の話なんだけどさ。あれって正直なところ、あんたの建前よね？」

「建前……とは」

「あいつと恋仲になるために、距離を縮める。あの勝負は、あくまであんた個人の口実ってこと」

――気付かれてた。

より距離を縮めた方が勝ち。

この大義名分があれば、日常生活よりも踏み込んだ行動を起こせる。

私がその場で思い付いた提案に、彩華さんもまた瞬時に理解していたのだ。

誤魔化《ごまか》す余地すら残ってない。

それほどまでに彩華さんの発言は、私の胸中をなぞったものだった。

……怒られるかな。嫌われるかな。

「真由はこの勝負を言い出したことに、後悔してない？」

「……してないです」

「そう。私も真由の勝負に乗ったことに後悔はないわ」

顔を上げる。

彩華さんは背もたれに身体《からだ》を預けて、覚悟に満ちた表情を浮かべていた。

「いいじゃない。これがきっと最後になるし」

最後。それがどんな意味を指すのか、私には解る。私と彩華さんにしか、解らない。

「私はその日のプランをもう考えた。あんたも後悔ないように行動しなさい」

「プラン……ですか。告白とかはダメですよ。私のデート、彩華さんの後日なんで」

「あはは、分かってる。でも、それ以外は何でもあり。フェアにいきましょ」

彩華さんは私の容器に水を注《つ》いでくれて、それから自分にも注いだ。

嚥下《えんげ》すると、身体に巡る水分が私をいくらか冷静にさせてくれる。

告白以外は何でもあり。でも色目を使う選択肢は、今回避けた方がいい。

家事だって先輩の家にお邪魔するたびにしていることだし、効果は薄いはずだ。

だとしたら私は、どうやって先輩に近付けばいいんだろう。

私が先輩に新しくあげられるものなんて、他に。

「あいつは無闇に過去を聞かない」

「え？」

「でもそれは、過去に興味がないって訳じゃないわ。言ってくれたら内心喜ぶし、距離も縮まる。あんたにとっての近道は、多分それよ」

その言葉を聞いて、私は思考に耽った。

……過去を話す。

幸せが一瞬で瓦解しうるものだということを、教えたらいいんだろうか。

ううん、その結果私が先輩から離れなきゃいけないんだったらまるで意味を成さない。

一つ思い付いたことがあった。

これが普通の友達が対象だったらどう転ぶかは分からないけど、先輩は変わらないと確信できる。

でも、その考えに至ってから一つ疑問が湧いた。

「どうして私にそんなアドバイスしてくれるんですか？」

一体彩華さんに、何の得があるんだろう。

私は彩華さんにとって、ライバルのはずなのに。

店内に流れるＢＧＭがまた途絶えた。

彩華さんは空になった容器に視線を落とし、ほんの僅か口角を上げる。

「……あんたは大切な後輩だもの」

優しげな笑み。

彩華さんの笑みは、先輩のそれとそっくりだった。

第7話　母校、教室

変わろうとしている。

僅かだが、確かに変移している。

来る約束の日は、十月の中旬に差し掛かろうとしている週末だった。

二人の勝負はすぐに日程が組まれる訳でもなく、しっかり全員のスケジュールを無理なく押さえてくれる徹底ぶり。

だが待ち合わせの場所は大学の最寄駅でも話題のデートスポットでも、まして家なんかでもない。

選ばれたのは、とある思い入れのあるバス停。

俺は錆《さ》びて茶色に変色したポールを眺めながら、独りごちた。

「……久しぶりに来たな」

標高二百メートルほどの、比較的小さな山。

うねるように整備された車道の脇に、このバス停は立っている。

自動車やトラックが頻繁に行き交い、緑溢《あふ》れる景観とは対照的な騒音が辺り一帯に鳴り響く。

この車道は高速道路に繋《つな》がっており大型トラックが頻繁に行き交うため、余裕を持って走行できる程度の横幅が確保されていた。

しかしそのせいで歩道は狭く、大の大人同士がすれ違う際はどちらかがスペースを譲らなくてはいけないほど。

そんな車道に押し出されるように狭まった歩道を、更に窮屈にしているのがこのバス停の存在だった。

待ち合わせ時間まであと三分。

視界の隅に人影を認め、俺はおもむろに顔を上げた。

横断歩道を挟んだ先の歩道に、見慣れた人影が立ち止まっている。

少しの待機時間を経て車の走行に間が空くと、女性がこちらに駆けてきた。

「お待たせ」

「おう」

時間ぴったりに到着した彩華《あやか》は、どこか懐かしそうに目を細めた。

きっと俺と同じ気持ちなんだろう。

「なんか、あれだな。ここで会うと、久しぶりな感じがするな」

「分かる。頻繁に会ってるのに、不思議なものね」

――此処《ここ》は、高校時代の想《おも》い出《で》の場所。

俺たちはよくこのバス停で待ち合わせ、二人で高校へ通学していたのだ。

特に高校三年生になってからは毎日のように一緒だった。

当時は此処を待ち合わせ場所にしようといった言葉はなく、何となく合流する場所がこのバス停だっただけ。

電車で近くまで来て登校する彩華と、バスでこの場に降りて登校する俺。

何度か合流するうちに互いの通学時間を大凡《おおよそ》把握し、月日が経《た》つにつれて意識的に時間を合わせていた記憶がある。

初めて此処が待ち合わせ場所だと明確に認知したのは高三の秋。彩華が俺の席まで来てこう言ったのだ。

あんた何すっぽかしてんのよ、と。

「もう制服は着れねえなあ」

「私はまだまだいけるけどね」

「容姿的な意味じゃねーっつの」

俺はそう返して、山登りを開始する。

今日の予定は、二人が通った高校への回帰。

後ろから彩華が「分かってるわよ」と静かに笑った。

◇◆

山の中腹に聳《そび》え立《た》つ、かつて通っていた高校まではバス停から徒歩二十分。

正門までのラスト数分は百メートル以上続く傾斜の高い坂道を歩かなければならず、まさに心臓殺しの通学路だ。

膝にかかる負担さえも懐かしみながら、やがて正門前へ辿《たど》り着く。

道路脇にあるコンクリート塀まで移動して、疲れを癒《いや》すためにもたれかかった。

……目の前の光景が懐かしい。

校舎を眺めるだけで、不思議と回復していく気がする。

「何気に俺、此処に来るの卒業式以来だわ」

「私も。こうして眺めてみたら、高校は相変わらず大きいわね」

「だな。小学校とかは、やたら小さく見えるもんな」

背丈が伸びてから改めて訪れて、こんなに小さい運動場で体育会をしていたんだと驚いた経験がある。しかしやはり高校は、記憶が新しい分その乖離《かいり》も少ない。

むしろ結構贅沢《ぜいたく》な環境だったんだなと感じてしまうほどだ。

大学の規模感には劣るものの、だからこそ高校にしかない魅力もある。

部活の掛け声や、吹奏楽部の奏でる音色。

五感から得る情報が、青春の記憶を刺激してくる。

そういえば自販機裏にある休憩スペースは暗黙の了解で三年生の一部が占拠する場所になっていたが、そういったローカルルールは未《いま》だに存在するのだろうか。

存在していたら嬉《うれ》しいような、時代錯誤なルールに心配してしまうような。

在校生に訊《き》いてみないと知り得ないことだが、こうして高校について考えられるだけでも結構幸せな気持ちになれた。

楽しい想い出ばかりではないが、大切な時間ばかりだったから。

「にしても、よくこんな場所まで通ってたよな。毎日朝八時半には到着してたんだぜ？偉すぎだろ俺ら」

「確かにね。少し前のあんたなら、絶対無理な時間帯」

隣で同じように壁へ背中を預ける彩華は、クスリと笑った。

「高一の時なんて無遅刻無欠席だったからな。あの時の自分は未だに偉いと思ってる」

「当たり前だけど、その当たり前の凄《すご》さってやつね。私は病欠したことあったし、そこに関しては素直に賞賛してあげる」

彩華は遠回しな賞賛を投げて、校門の方へ視線を送った。

俺も彩華と同じ方向を暫《しばら》く眺めたが、生徒は一人も視認できない。

ちょうど登下校の少ない時間帯だからだろう。

今日は日曜日。

平日よりも閑散としているのは当然だ。

しかし運動場からは部活に取り組む生徒の掛け声が飛び交い、校舎からは吹奏楽部の演奏も鳴り響いてる。

この日曜日のみを切り取れば、大学よりも賑《にぎ》やかな環境に違いない。

そう思案していると、いつの間にか彩華の視線はかつての校舎へと注がれていた。

一年生から二年生にかけて過ごしていた東校舎だ。

「……そういえば、私たち一年生の時もクラス一緒だったけど全然喋《しゃべ》らなかったわね」

彩華の言葉に、俺は軽く頷《うなず》いた。

「だな。つーかよくよく考えりゃ、三年連続同じクラスって結構すごいよな。俺彩華だけかも」

「そう。私は三人いるわね」

「へえ、彩華は多いんだな」

「違う、あんたが忘れてるの！」

彩華が肩をバシンと叩《たた》く。

いつもよりいくらか強めだったものの、彩華を除いた二人分を忘れてしまった罰と思えば安いものだ。そして、その衝撃で思い出した。俺の頭は昭和のテレビか。

「水谷《みずたに》と樫本《かしもと》な。あいつら元気にしてっかな」

そう言って満足した俺に、割と衝撃的な事実が明らかになった。

「元気よ。インスタ見てないの？」

「え、あいつらインスタやってんの？」

「……」

数秒間の沈黙。

彩華の瞳が気まずそうに揺れ動く。

「……やってない」

「待て、もう少し上手《うま》い誤魔化《ごまか》し方なかったのかよ！」

不都合な事実を察してしまう。自分の顔から哀愁の空気が漂いそうになるのを必死に抑えようとして、俺はブンブンかぶりを振った。

そんな俺の様子を見て、彩華はあっけらかんと笑い飛ばす。

「あはは、まあドンマイ。二人は鍵垢《あか》なのよ。ほんとに親しい人しかフォローしてないアカウントみたいだし、あんたが知らなくても仕方ない」

「な、なんだ……！　それなら良かった」

「今のフォロー結構上手くない？」

「バラしてんじゃねーよ!!　フォローしたならその事実は絶対隠せ！」

全てが明るみに出てしまったところで、俺は頭を抱えて空に叫んだ。

あの二人とは特別仲が良いという関係性ではなかったものの、やはり三年も共に時間を過ごした元クラスメイトとは親しくしたい。

その想《おも》いを抱いた瞬間に儚《はかな》く崩れ去ってしまった。

「まあまあ、忘れるくらいの仲なんだからいいじゃない」

「三年連続ってことを忘れてただけで、結構喋ってたことは普通に覚えてるからな？　一年生のクラスの記憶があんまり残ってないだけだったんだよ」

「ドンマイ」

「もうちょいしっかり励まして⁉」

俺は軽く凹《へこ》みながら彩華に頼む。

あの二人とは、二年生の半分ほどの時間は時折昼ご飯を食べていた。

卒業式で軽く挨拶を交わす程度の仲だったが、あっさり人間関係の断捨離部分へ組み込まれてしまったとは。

俺という存在が彼らの中であまり大きくなかったのは仕方のない話だが、こうしていざ目の当たりにすると応えるものがある。

あからさまにテンションの下がる俺を見てさすがに同情したのか、彩華はようやく優しげな笑みを浮かべた。

「元気出して。あんたには私がいるじゃない」

「……オウ」

存外嬉しいことを告げられて、思わず変な声が出る。

彩華は俺に向き直って、続けた。

「私と高頻度で会ってる卒業生なんてあんただけよ？　私とは特別な用事がなくても会えるじゃない。そういう人をたった一人でも作れたんだから、あんたの高校生活は薔薇色《ばらいろ》なのよ」

「すげえ自信だなおい」

「自信って訳じゃないわ」

「じゃあなんだよ」

コンクリートの塀に背中を預けながら、俺は訊いた。

彩華は少し沈黙した後、言葉を告げる。

「……私もそう思ってるから。だからあんたも、そう思ってくれてないと困る」

直接的な内容へ返答に窮し、俺は一旦口を閉じた。

彩華は口角を僅かに上げた後、風で靡《なび》いた自身の髪を捕まえて、慣れた手つきで梳《す》いていく。部活で運動場を走り終えた後、彩華はたまにタオルを渡しに来てくれた。

その時に何度も見た仕草だ。

髪を梳く仕草が高校時代と重なったのは、随分久しぶりだった。

あの時と異なるのは、彩華の頬《ほお》が少し紅《あか》く染まっていることだろうか。

「……照れるなおい」

「あんたが言わせたようなものでしょうが」

彩華がむくれて、コンクリート塀から背中を離した。

そのまま校門へ向かって歩き始めた彩華に「ごめんって」と謝りながら付いていく。

……そうだな。

彩華との仲は、一生物だ。

彩華と知り合えて本当に良かった。この仲になれて本当に良かった。

こんなに贅沢な気分になれる謝罪なら、いくらだってしてやりたい。

懐かしい母校が目の前にある影響からか、素直にお礼をしたい気分だ。

「なあ、彩華。いつもありがとうな」

「お礼なんて要らないわ。好きであんたといるんだもの」

「……だな。俺もそうだ。好きでお前と一緒にいる」

彩華の足がピタリと止まった。

校門に手を掛けて、柵の隙間から校舎へ視線を送っている。

「どうした？」

「……もう一回言ってみて。風でよく聞こえなかったから」

「は、風なんて吹いてたか？」

「いいから早く！」

彩華がこちらに向き直り、噛《か》みつきそうな勢いでそう言った。俺は勢いに押されるまま、訳も分からず繰り返す。

「好きでお前と一緒にいる！」

彩華は暫く黙って俺を見ていた。

もしかすると彩華の脳内で、かつての情景が想起されているのかもしれない。

一緒にいることさえ難しかった、そんな高二の秋。あの時を経て俺たちの距離は急速に縮まった。

「……ふふ。私も」

満面の笑み。

――最近、感じていることがある。

今の俺と彩華の距離は、あの頃よりも如実に縮まった。

ある時はその先にある関係を見てみたいと思い、ある時はこのまま現状維持がベストだと思い、俺の気持ちは二転三転している。

だけど、唯一確かなこと。

俺は一貫して、彩華の傍《そば》に立っていたい。

そのためなら俺は——

「じゃ、中に入るわよ」

「え？　中ってどこ？」

「なに間抜けな顔してんの。敷地内に決まってるでしょ」

そう言って、彩華は校舎に向けて歩を進める。

振り返りざまの彩華の口元は、心なしか緩んでいた。

彼女の優しげな笑みは、かつてのそれと僅かに異なる熱を灯《とも》す。

そしてそれは、俺も同様なのかもしれない。

俺は彩華の背中を追いかけ、隣に並ぶ。

彼女の横顔に目をやると、シルバーのピアスがキラリと光った。

校舎内は全く変わっていなかった。

彩華はどうやら学校側へ事前に許可を取ってくれていたらしい。

下駄箱《げたばこ》の端っこには来客用のスリッパが複数用意されており、俺たちはその場で履き替えた。

高校の廊下は土足厳禁。

かつては下駄箱から赤色のラインが特徴的な上履きを取り出し、教室へ赴いていた。

今の俺たちは、上履きではなく深緑色のスリッパ。

そのスリッパがもう俺たちが在校生ではないことを伝えてくる。

高校生の時はスリッパのパタパタと鳴る音に特別感を覚えて好きだったが、今では少し寂しい音に聞こえた。

「よく許可取れたな。サンキュー」

改めてお礼を口にすると、彩華はこともなげに肩を竦《すく》めた。

「覚えてくれてる先生がいたら一発よ。長瀬《ながせ》先生もまだいらっしゃったから、話が早かったみたい。今日もいるみたいだしね」

「マジ、長瀬いんのか！　うわ、めっちゃ楽しみなんだけど」

「〝先生〟をつけなさいったら。今から大学生になったところを見せるんだから」

「ははは、ごめん高校のノリに戻ってた。まあ表では先生って呼ぶから大丈夫だろ」

そう返した途端、職員室前にある憩いのスペースから声が飛んできた。

「誰が長瀬だってー？」

懐かしい嗄《しやが》れた声に反応し、勢いよく視線を投げる。

白髪をフサフサに生やした、五十代後半の男性。

高二の時に担任だった長瀬先生が、和やかな表情でこちらへ近付いてくる。

特徴的なほうれい線を数年ぶりに視認して、自分の口角が無意識に吊《つ》り上《あ》がっていくのが判《わか》った。

「うわっ先生！　めっちゃ久しぶりです！」

俺が手を挙げると、長瀬先生は老獪《ろうかい》な笑い声を上げた。

「羽瀬川《はせがわ》、相変わらず美濃《みの》と仲良いのか。つくづく同じ大学に進学できてよかったな」

「仲良いです！　大学はギリギリでしたけど、先生のおかげですっ」

そう答えて、横に視線を移す。

彩華も長瀬先生を見ながら、嬉《うれ》しそうな笑みを浮かべていた。

人と会っただけで心から嬉しそうにする彩華の表情は、こういう機会でなければあまりお目にかかれない。

長瀬先生は彩華に、親のような温かい目線で応えた。

「美濃も大人になったなあ。もうすぐ就職か？」

「先生、ご無沙汰してます。今は三年なので、来年には内定貰《もら》ってる予定です。今頃は卒業旅行かも」

「そうかい、まあ美濃に関しては心配するだけ野暮《やぼ》だな。次席合格だけじゃなく、土壇場での胆力もある」

「私、胆力なんて先生にアピールする機会ありましたっけ？」

彩華はあっけらかんと返事をしながらも、少し恥ずかしそうだ。

同年代から褒められるのとはまた違った感情を抱くのだろう。

「ちぇ、やっぱお前は特別扱いだな」

俺はからかうように口を挟むと、長瀬先生はこちらにニヤリと笑いかけた。

「羽瀬川も胆力だけでは負けてない。今時女の子を守って謹慎処分なんて珍しいだろ。あれ以来まだウチから謹慎される生徒は出てないからな」

「うっ……」

長瀬先生は当時の担任だったから、あの日のことをハッキリ覚えているに違いない。

たった一日の謹慎。されど一日の謹慎で、どうやら四年以上俺は不名誉な記録を保持してしまっているようだ。

「不名誉すぎる……」

「なにそれ。私を守ろうとしたんだから名誉でしょ？」

「自分で言ってりゃ世話ねーよ！」

長瀬先生はカッカッと笑い声を上げて、ふと思い出したように目を瞬かせた。

「そういえば、さっき榊下《さかきした》も来ていたな」

「……えっ⁉」

思わず俺は声を上げる。

嬉しい訳がない。一体どんな確率で訪問日が被《かぶ》ったんだ。

「ブランドを立ち上げるらしくてな。在学生たちに宣伝しておいてくれと頼まれた」

「ブランド⁉」

彩華が驚いたように目を見開いた。

そしてそれは俺も同様だった。

同い年でブランドを立ち上げるなんて、行動力の塊だ。

長瀬先生はポケットから革を取り出し、俺たちの眼前に掲げてみせる。

「本革のカードケース。まだＷｅｂからの受注発注限定だそうだが、近いうちにＳＮＳを使って全国へ広めていきたいと語っていたな」

「へえ……」

正直、複雑な心境だった。

同年代として、社会で活躍し得る人間は尊敬する。

特に俺にとっては、同い年でブランドを立ち上げる知り合いなんて今まで一人たりともいなかった。

普通の友達だったなら、彼がどういう人間になっているのか見てみたいと胸を躍らせたところだ。

しかし榊下は彩華を傷付けた人間。そこが、すぐにこの事実を飲み込めない要因だ。

きっと人間性と社会的成果にはそれほど因果関係はないのだろう。

人の良い人間ほど騙《だま》されるというし、そういう意味では榊下は今後成功していくのかもしれない。

でもやっぱり――

「榊下、立派になったのね」

「え？」

思わず彩華の方へ目をやった。

彩華は長瀬先生からカードケースを受け取って、電気に照らして繁々《しげしげ》観察し始める。

……彩華に思うところはないんだろうか。

ないはずがない。

長瀬先生は榊下が彩華に何をしたのか、詳しいことは知らない。

だが榊下自身が「自分が悪かった」と俺を庇《かば》ったことから、何かしらの事情があること自体は察していたと思う。

実際高三の時、それとなく謹慎の件に関して訊《き》かれたことがあったから。

長瀬先生はほうれい線をポリポリ掻《か》いて、口角を上げた。

「お前たちも色々あっただろうが、皆《み》んな立派にやっていてよかったよ」

……勝手なこと言わないでくださいよ。

長瀬先生は好きだが、今しがたの発言に関してはあまり同意できなかった。

「美濃も羽瀬川も、在校生の星だ。自分の道を見つけたら、また先生に会いに来てくれ」

「その時まで先生が残ってたらね」

彩華が悪戯《いたずら》っぽい口調で返す。

「だなあ。来年には海寄りの学校に行きそうな予感がするんだよなあ」

心底憂えるような返答に、彩華は可笑《おか》しそうに白い歯をみせて笑う。

「じゃあ、先生は剣道部に顔出すから。二人とも自由に見学して行ってくれ」

「はい。先生、生徒さんをあんまり無理させすぎないようにしてくださいね」

「分かってる分かってる。最近は保護者の目が厳しいからな」

ゴツゴツと隆起した腕を振って、長瀬先生は階段を降りていく。

彩華はその背中が消えるまで、柔らかい表情で見送っていた。

「……相変わらずね、先生。ちょっと昭和なところが好きだったわ」

「まあな。でも──」

──榊下に関しての発言は、ちょっといただけなかったな。

そう言おうとした時、階段から人影が現れた。

一瞬、忘れ物をした長瀬先生かと思った。

しかし長瀬先生が戻ってきたのではなかった。

先生でも、生徒ですらもなかった。

誰かが指示したかのようなタイミングで現れたのは、俺と彩華の同年代。

つい今しがた話題に上がったばかりの人物。

──榊下。

◇◆

「……うお。久しぶりだな。お前ら」

榊下も、まさか俺たち二人が訪れているとは思わなかったのだろう。

黒髪マッシュにピアスという風貌の榊下は、悔しいがサマになっている。

俺と彩華は卒業式以来の来訪なのだから、かつての同学年と訪問日時が被るなんて奇跡そのものだ。

ただし、限りなくマイナス寄りの奇跡。

俺は高一から榊下と仲良くしていて、彼はいつもクラスの中心人物だった。高二に上がった当初の俺は、榊下のグループに属することでクラスでの発言権を得る付属品。

今思い返せば、誰かの恩恵で発言権がどうのこうのなんてくだらない話だ。

だがあの教室にはそれが是となる空気感があった。

それはきっと閉鎖的な環境だからこそ起こりうるもので、社会に出ても同様の事例は山ほどあるに違いない。

俺は榊下を殴りつけて以来一言も言葉を交わしていない。

自分がどうなろうとも関係ないという怒りが俺を突き動かし、たとえそれが原因ではぶられようとも構わなかったから。

彩華に振られた腹いせに陥れ、あまつさえ自分に依存させようと卑劣な画策をした。榊下が自らの行動を語った瞬間、俺が殴りつけて大事へと化し、謹慎処分を下された。

俺は彼を殴ったことに後悔はない。

眉を顰《ひそ》めて、榊下に視線を返す。

今でもたまに夢に見る。

彩華が徐々に孤立していく姿。

何もできず、見ているだけの自分。

徐々にエスカレートする陰口。これから更に酷《ひど》いものへ発展していきそうな焦燥感。

あの嫌な空気を生み出した元凶の前に立っているのは、決して良い気分じゃない。

すぐに視線を逸《そ》らして、この場から颯爽《さっそう》と離脱したい。

だが彩華はそんな俺の腕をギュッと抓《つね》って、あっさり榊下に返事をした。

「久しぶりね。元気にしてた？」

「ああ、まあな。美濃も元気そうだな」

「うん。ブランド立ち上げたんだって？　さっき長瀬先生から聞いたところだったの、私たち」

彩華から発せられる声はずっと陽気そのものだ。

俺が逆の立場だったら、こうもスラスラ言葉を連ねることができるだろうか。

……絶対できないだろう。

事実俺はこうして黙りこくっている。

普段であれば、場の雰囲気を悪くするような態度は控えたい。

だけど、今は。

そんな俺を横目に、榊下は彩華に「まあな」と短く答えた。

「……？」

気のせいだろうか。

彼の声色はどこか苦々しく、あまり他人に教えたくない内容が秘められていそうに思える。

……そういえば榊下は、長瀬先生に在校生へ自身のブランドを宣伝するよう依頼したらしい。

しかしよくよく考えてみれば、革製品など高校生の財布事情には到底合致しない。

ブランドを立ち上げるのなら、そうしたターゲット層への知見は俺なんかよりもあるはずだ。

にもかかわらず此処《ここ》へ訪れたことが、榊下が苦い表情を浮かべる理由だとしたら——

彩華もそれを敏感に察し、口を開く。

「まだ始まったばかりだし、これからどんどん売上伸びていくでしょ。頑張って」

「……ああ。相変わらず察し良いな」

「まあね。榊下も相変わらずプライド高そう」

「はは、直球だな。否定はしねーよ」

榊下は頭を掻いて、彩華から視線を逸らした。

その先には俺がいる。

視線が交差して、かつての情景が脳裏に過《よ》ぎる。

高校時代の彼には、反論したい時があってもいざ目の前に立てば怯《ひる》んでしまう圧があった。

暴力などに依存しない、発言力からなる無言の圧力。

マイナスな感情だけは敏感に察してしまう俺にとって、友達でありながらも心から気を許せたことは一度もなかった。

怒りに身を任せなければ対抗することすら許されない圧が、脳に深く刻み込まれてしまっている。

しかし今の榊下からは圧は感じない。

「……これ以上はお前に悪いな」

「悪い？」

俺は目を瞬かせた。

苛立《いらだ》ったというより、戸惑った。

記憶の中の榊下はもっと自分を押し出す印象だったから。

誰かに悪いという理由でこの場を離脱しようとするのは意外だ。

「付き合ってるんだろ？　お前ら」

榊下の問いかけに、彩華は顔を背けた。

「つ……付き合ってないわよ。高校の時のノリがまだ続いてる感じ」

予想外の返答だったのか、彼は目を大きく見開いた。

「は、まじ⁉　そ、そんなことあんだな……いや、人それぞれか。ゴメン」

慌ただしく発言を修正する様子に、俺は内心首を傾《かし》げる。

彩華も同じ気持ちだったようで、言葉を紡いだ。

「前言撤回しようかな。榊下、ちょっと変わったわね」

「……そう見えるか？」

静かな声色だった。

たった六文字の言葉に、様々な感情が含まれている。

きっとその中で、最も多く内包された感情。

それを察した俺は、内心溜息《ためいき》を吐《つ》いた。

……時間が経《た》つって、こういうことなんだな。

俺がそう思った瞬間、榊下は意を決したように顔を上げた。

「……あの時は、その。……悪かったな。すげえダサい真似《まね》して、本当に後悔してる」

彼の悔恨の念は本物だと、表情を見ればすぐに解《わか》った。

久方ぶりの再会ですぐに謝罪が出てくるのは、今でも時折あの日を想起しているからなのかもしれない。

俺の思考をなぞるように、榊下は言葉を続ける。

「今でも夢に出てくるんだ。自分の欲求を優先しすぎて、ぐちゃぐちゃになっていく日のことを」

榊下の口から出る言葉は本心だ。

本心から反省し、後悔している。

……だからどうした。

「どの口が――」

反論しかけた俺の足を、彩華は踏んづけた。

スリッパの防御力は限りなく低く、直に体重が襲う。

「いっってぇ！　なにすんだ！」

「あんたが何言おうとしてんのよ。榊下は私に話してんのよ」

確かに被害を受けたのは彩華なのだし、先んじて口を挟むのはやりすぎたかもしれない。

でも彩華だって、逆の立場なら俺と同じ行動を取るに違いない。

そうなった時、俺はこうして彩華を止められないけれど。

「榊下。確かに私、あの時は酷いことされたわ。でももう怒ってないから。さすがに四年も経ってるし」

……こう答えると思っていた。

躊躇《ためら》いなく許すと分かっていた。

だからその前に俺が、あの時言えなかったことを口にしようと考えたのだ。

しかしその自己中心的な思考は彩華に一瞬で見破られ、止められた。

榊下は自分がすぐに許されたことが信じられなかったようで、僅かに困惑の表情を浮かべる。

「お……怒ってなくても、そんなにすぐに許さないでくれよ。あの時の俺は、絶対に許されちゃいけないだろ」

「はい？　知らないわよそんなの。いつ許すかなんて、私の勝手でしょ」

彩華が初めて不機嫌そうな声を出した。

……もっと不機嫌になる場面は他にあっただろうに。

だが、彩華らしい対応だとも思う。

「……そうか。そういうやつだったな、美濃は」

榊下は苦々しく口にした後、俺に視線を移した。

相変わらず顔は整っていて、藤堂《とうどう》とタメを張れるくらいの容姿。

アクセサリーなどで更に華やかになった分、彼の重々しい表情はどこか浮いてみえた。

「羽瀬川。あの時、止めてくれてありがとうな」

「俺は榊下のために止めたんじゃねえよ」

「……そりゃそうだ。こういう時も自分優先だな、俺は」

榊下は自嘲気味な笑みを見せた後、唇を噛《か》んだ。

職員室前の廊下に再び静寂が戻る。

しかし先程の沈黙よりも、いくらか柔らかい雰囲気だった。

それはきっと、当の被害者である彩華が既に彼を許したからだろう。この場を収める権利を持っているのは、俺ではなく彩華だ。

「ねえ、榊下。別に謝る必要ないのよ？」

「え？」

「悠太《ゆうた》が私を庇《かば》わなきゃ、榊下はもっと酷い目にあってたからね」

彩華がスマホを軽く振って、口角を上げる。

何をしようとしていたのか判《わか》らないが、何故《なぜ》か背筋がブルリと震えた。

「……榊下。これ強ち《あながち》冗談じゃないと思うぞ」

「……同感。もしかしたら俺、あと一歩で社会的に死んでたかもな」

「なによ、人を化け物みたいに！」

口を尖《とが》らせた彩華に、俺が一言言葉を挟む。

「似たようなもんだろ」

「全然違うわよ！」

彩華がむくれて抗議した。

榊下が遠慮がちに笑みを溢《こぼ》した。

先程までの俺なら、きっと榊下の笑みに苛立った。

しかし、俺も釣られて吹き出してしまう。


……そうか。


榊下とは、悪い想《おも》い出ばかりじゃなかったな。

俺たちには同じグループで、毎日喋《しゃべ》っていた時間が在った。

純粋に愉《たの》しい時間だって在ったのだ。

中庭で昼食を食べていた時の空気を、俺はすっかり忘れていた。

終わり方は最悪だったけど、それで全ての時間が消えて失《な》くなる訳じゃない。

彩華は、ずっとこの関係性を覚えていたのか。

それを俺に、そして榊下に思い出させてくれたのか。

思い返せば彩華は、俺が榊下の名前を挙げても明確な愚痴は口にしなかった。

もしかしたら当時から、彩華はこの機会を望んでいたのかもしれない。

「シケた顔してちゃ、売れるものも売れないわ。ほら、榊下は笑ったらイケメンなんだから！」

彩華が胸元で拳を力強く握ってみせる。

まるで高校時代に戻ったかのような根性論のアドバイスに、俺は苦笑いして口を開く。

「……売ってる人間がイケメンかどうかってそんなに関係あるか？」

「関係あるわよ。売り子が可愛《かわい》いとあんたたちも靡《なび》くでしょ？」

「俺のはまだＷｅｂ限定なんだけどな」

彩華の返答に、榊下が間髪入れずにつっこんでくる。

中庭の空気が戻ってくる。

かつての日常の味がする。

そのまま三人の空気に浸ろうとした時、職員室の扉がガラリと開いた。

見知らぬ先生が、こちらに顔を覗《のぞ》かせている。

「……誰だろ。覚えてる？」

彩華がヒソヒソ話し、俺と榊下は慌てて「知らない」と否定する。

見知らぬ先生は彩華が笑顔でペコリとお辞儀したのを見ると、そそくさ職員室へ戻っていった。

……声を掛けられた訳ではないが、意図は伝わった。

「職員室前の廊下だし、あんまり長居しない方がいいみたいね。場所変える？」

彩華は窓へ目をやりつつ、そう提案する。

しかし榊下はかぶりを振った。

「いや、俺はいい。帰るよ」

「そっか」

その返事を判っていたのか、彩華はあっさり頷《うなず》いた。

「榊下。もうあの構ってちゃんモード発動しないようにね」

「しないよ、悪かった。ほんとにごめん」

榊下は俺たちから一歩離れて、頭を下げる。

「頭が高い！」

「はい！」

彩華の笑いの混じった一喝に、榊下の頭は更に下がる。

懐かしい気持ちが胸に噴き上がる。

ようやくだ。ようやく、懐かしいと思えた。

顔を上げた榊下の顔は、どこか憑《つ》き物が落ちたような印象を受けた。

最後に控えめに口角を上げて、榊下は踵《きびす》を返し先程上がってきた階段の方へ歩を進める。

俺たちが無言でその後ろ姿を眺めていると、すぐに榊下はピタリと立ち止まった。

そして少し迷うような仕草をみせた後、おもむろにこちらへ振り返る。

「……じゃあな、二人とも。俺に言われても複雑かもだけど、仲良くな」

刹那。

本当に僅かな瞬間、榊下の姿が制服姿と被《かぶ》ってみえた。

瞬《まばた》きをすれば元に戻っていたけれど、今日一番明瞭に高校時代を想起した。

暫《しばら》く俺と彩華は、榊下の消えた廊下に佇《たたず》む。

やがて俺は、ポツリと本音を呟《つぶや》いた。

「……器広いな、お前」

「はは、なにそれ」

彩華は静かに笑って、職員室前にある掲示板に張り出された紙へ視線を流した。

特に興味のそそられるような内容は書いてない。多分頭を整理しているだけだ。

「……別に広くはないわよ。昔のことを水に流すのも、必要かなって」

「何で必要なんだ。……まあ俺も、反対してるんじゃないけどさ」

この邂逅《かいこう》に居合わせたのが俺だけだったら、和やかに終わらせる選択肢は取らなかった。

取れなかったというのが正しいかもしれないが。

彩華は掲示板から視線を外して、俺を見上げる。

「……終わり良ければばっていうでしょ？　高二のあの件、あんたの中でずっと引っ掛かってたままだって解《わか》ってたから」

「あんた、前の旅行で言ってたもの。〝俺はまだ榊下を許してないけど〟って。あんたが私のために怒ってくれるのは嬉《うれ》しいけど……怒りを持ち続けるような終わりよりは、今日みたいな終わりの方がお互いいくらかスッキリするでしょ」

ことをなげに言ってのけた彩華に、俺は思わず肩を竦《すく》めた。

「……敵《かな》わないな、彩華には」

「そうでもないわ。榊下の件、私にとってはあんたと今みたいな関係になれたきっかけでもあったから。元々あの人に悪い気持ちばかり抱いてた訳じゃなかったってだけ」

榊下がいなかったら、今日の関係にはなれていない可能性。

……確かに俺と彩華が心底互いを信頼しているのは、孤立無援の状況下を共にしたからともいえる。

榊下のお陰とは、口が裂けても言いたくない。

あの出来事があってよかったとも言いたくない。

だが、憎しみ以外の気持ちを抱くくらいはいいのかもしれない。

他でもない彩華本人が、そう口にしているのだから。口にしてくれているのだから。

「じゃ、ちょっと職員室に鍵借りに行くわね」

彩華はニコリと頬《ほお》を緩めた。

「それは——」

「どこのだ？」

「内緒っ」

榊下との邂逅が影響しているのだろうか。

俺はその笑顔で、高二の想《おも》い出《で》を一層強く想起したのだった。

◇◆

職員室から鍵を拝借した俺たちは、階段で三階へ移動する。

三階の渡り廊下を目指していると、幽玄な香りが鼻腔《びこう》をくすぐった。

お茶の匂い。

「茶道部か。こんな場所に部室あったんだな」

北校舎の三階は、立ち寄る機会は少なかった。

茶道部の部室、ましてやその内部はお目にかからなかったので、思わず覗き込みたくなってしまう。

そんな俺に、彩華は目敏《めざと》く「ダメよ」と諭した。

「だよなー」

部室が若干開いていたので、せめて通りすがりに横目で見た。

錯覚でなければ、畳の部屋に部員らしき生徒が六人はいた。勝手に二、三人の部活を想像していたので予想外だ。

卒業してから三年。

今更ながらに茶道部の活動現場を見たけれど、在校生の時にもう少し他の部活に興味を持てばよかった。茶道部だけではなく、色んな部活に興味を持って、色んな人と関わりたかった。

いざ高校時代へ時間が逆行しても、積極的に友達を作りに動けるかは分からないが。

「茶道部とかならありだったかな」

彩華はポツリと呟いた。

彼女の胸中は、何となく解る気がする。

当時の彩華は、志乃原《しのはら》への罪悪感からバスケを辞めた。

運動部に入るのも、心境的には難しかったかもしれない。だが茶道部のようにバスケから遠く離れた部活なら、当時の自分でも心から楽しめたのかもしれない——彩華はそう考えているのだろう。

「文化系の部活に入ってる彩華は見てみたかったな」

深くは突っ込まない言葉で返答する。

「茶道部の部員見た？　制服じゃなかったわよ」

「お前も覗いてんじゃねーかっ」

「仕方ないじゃない、ＪＫの引力に視線が持っていかれたのよ」

「それ何の言い訳にもなってないぞ……」

いつもと逆のやり取りになったが、それほど母校のＪＫパワーは凄《すさ》まじいということか。

俺は歩を進めながら、おもむろに口を開く。

「まあ、彩華の茶道部姿は見てみたかったよな。和服似合いそうだし」

「何言ってんのよ。温泉旅行の時あんたに見せたの忘れたの？　忘れてたなら殺すわよ」

「一回の間違いで怖すぎない⁉　ていうか忘れてたんじゃねーよ、もうちょい地味めの和服を想像してたんだって！」

「ふん、どうかしらね」

彩華はジト目でこちらを見てから、フイと前を向いた。

北校舎から東校舎へ繋《つな》がる渡り廊下に差し掛かる。

窓からよく昼休みに利用していた中庭が見下ろせる場所に辿《たど》り着き、俺たちは一旦立ち止まった。

高校二年生の夏までは、あの若干寂れたベンチでよく談笑していたものだ。

「そういや、弓道部もあるってうちの高校何気にすげえよな」

「そうね。うちって結構文化部も盛んだったのかしら」

「弓道部って運動部じゃないの？」

「あ、そっか。的を射れるかどうかで競うんだっけ」

「そうそう。アーチェリーとはそこが違うんだよな」

──数ヶ月前にも似たような会話をしたな。

あの時は女子大へ赴き、礼奈《れいな》に案内してもらっていた。

今の俺が歩いているのはかつて通った母校。

……この高校へ通っている頃は、志乃原や礼奈の存在すら知らなかった。

そう思うと、どこか不思議な気持ちになっている。

先ほどのインスタの繋がりとは違う、二度と忘れることのない繋がり。忘れられることのない繋がり。

自分の心に深く、深く刻まれた人たち。

此処《ここ》に通っていた頃の俺は、そんな存在を知らなかったのか。

……だけど。

「なによ」

隣に佇む人だけは知っていた。

口調は少々乱雑でも、いつも瞳の奥に優しげな光を灯《とも》す人だけは知っていた。

高校からの付き合いは、幼馴染《おさななじみ》や腐れ縁などの言葉では形容されない。

だが俺たちは間違いなく、親友という特別な関係性を築いている。

瞬間、中庭の芝生がザワザワと音を立てた。

窓越しに聞こえるほど唸《うな》っている。

――純粋な親友を望むのなら、同性の方が都合が良かったんじゃないか。

そこに答えを見出《みいだ》せないということは、少なからず俺は彩華のことを。

「……なんにも」

「見惚《みと》れてた？」

「そんな感じ」

「そ……そう。調子狂うわね」

以前彩華は〝今の自分が在るのはあんたのおかげ〟と言ってくれた。

それは俺も同じだ。

出会ってから、性格自体が劇的に変わった訳じゃない。

だが変わった面はきっと明確に存在する。

彩華と知り合って、俺はどこが変わったんだろう。

……そんな自己分析、すぐにできたら苦労はない。

俺は一旦気持ちを切り替えるため、あえて分かりきったことを口にした。

「つーかそれ、どこを開ける鍵だよ」

「私たちが最初に喋《しゃべ》った場所」

「まあ……そうだろうな」

辿《たど》り着いたのは、無地のプレートが掛かっている教室。

眼前にある教室は、かつて俺と彩華が二年生の頃に過ごした場所だ。

「渡り廊下らへんでもうウルウルしそうになったわ。懐かしすぎて」

「あはは、ほんとに変わってないもんね。在校生がいたら全然違うんだろうけど、今日はほんとにタイムスリップしてきたみたい」

かつては二組だったことを除けば、外観は何一つ変わっていない。

ガッチャン、と解錠の音が鳴る。

アパートのそれより重厚な解錠音も、かつてと全く同じ。ガラガラと開く音も同じ。

しかし、目の前に広がった光景だけは僅かに変わっていた。

机の数は記憶の中の半分程度に減っており、机横に掛かっているはずの小物袋は全く無い。

黒板消しの独特な匂いも漂っておらず、心なしか埃臭《ほこりくさ》い。

変わらないのは、黄色のカーテン越しに漏れる陽光の色だけだ。

それでも乱雑に積まれた机にかつての自分が使用していたものは混じっているだろうかと、教室へ入る。

確か脚の部分にネームペンで落書きがされていたから、すぐに判別がつくはずだ。

俺は浮き立つ気分で探そうと手を伸ばし——やめた。

見ず知らずの年上に触れられるなんて、逆の立場になったら嫌なはずだ。

俺はもう、在校生ではないのだから。

そう考えていると、彩華が静かに呟《つぶや》いた。

「ここね、今は使われてないんだって」

「あ、そうなのか」

俺が目を瞬かせると、彩華は微笑《ほほえ》んだ。

「当たり前でしょ。まだ使われてたら、さすがに卒業生でも入れないわよ」

「……考えてみたら、そりゃそうか」

彩華が面識のある先生から信用されて鍵を貸し出されたには違いないが、さすがにその辺りは線引きされているらしい。

「なんかちょっと寂しいわよね」

「え？」

「この教室がもう使われてないなんてさ。生徒数は増えたみたいだけど、それを機に小規模な東校舎は物置状態。それ以外の校舎に生徒を固めたいのは分かるけど」

この過疎化のご時世に景気の良い話だ。

アクセスがもう少し良ければ、もっと生徒数がいてもおかしくない学校。

だからこそ彩華の中では予想外だったのだろう。

しかし、物は考えようだ。

「俺は嬉《うれ》しいけどな。自分たちの匂いがまだ残ってる気がするし」

生徒で埋まる他の校舎と、人の少ない東校舎。

少ない分、自分たちの痕跡が色濃く感じられる。

「去年の話だから、それまでは知らない生徒たちにガッツリ使われてたわよ」

「……」

瞬時に切り返されてムスッと押し黙った俺を見て、彩華は肩を揺らして笑った。

俺は若干不貞腐《ふてくさ》れながら、去年まで使われた机たちを観察してみる。

だがやはり期間が空いたことで、机たちには少なからず埃《ほこり》が溜《た》まっていた。

指でなぞるとたっぷり埃が付着して、俺は思わず顔を顰《しか》める。

「なにやってんのよあんた」

「いや、こういうのってちょっと触ってみたくならない？　まあ触った瞬間に後悔するんだけどさ」

「ごめん全然気持ち分かんない」

彩華はバッサリ切り捨てて、俺の隣に移動してくる。

埃臭い教室に漂う、微《かす》かに甘い香り。

……高校時代とは違う、大人であることを示す仄《ほの》かな香水。

そう思案していると、視界の隅に懐かしい物を認めた。

後ろの扉の傍《そば》にある、掃除用具の入ったロッカーだ。

俺は思わず近付いて、ロッカーのドアへ手を掛ける。

力ずくで引いた途端、後ろから彩華が「あっ」と声を上げた。

ガチャーン！

頭に衝撃。

雪崩の如《ごと》く押し寄せてきた掃除用具たちが一斉に倒れてきたのだ。

頭上に雛《ひな》が駆け回り、俺は思わずしゃがみ込む。

彩華は小走りでこちらへ来て、上から覗《のぞ》き込んできた。

「ちょっと、大丈夫⁉　はしゃぎすぎよ」

「ぜ、全然はしゃいでなかったろ！　今のは俺悪くなかったぞ！」

「あはは、まあ整備されてなかったツケかしら。時間もあるし、掃除でもしてみる？」

「嫌だわ、そんな面倒——」

答えようとした瞬間、チリトリがガシャン！　と落下する音が耳に入った。

つんざくような音の後に、割れて鋭利な形となった破片が勢いよく転がっていく。

破片はロッカーと床の隙間にぶっ刺さり、俺はゴクリと喉を鳴らした。

彩華は破片の方向に視線を流して、すぐに口を開いた。

「……もう一度答え訊《き》いてもいい？」

「やりますやらせてください！」

「そうね。あとあんた、もしかしたらお祓《はら》い行った方がいいかも」

「縁起でもないこと言うな！」

立ち上がりざまに喚《わめ》くと、彩華は可笑《おか》しそうに声を上げて笑った。

母校に歓迎されたと思いきや、帰ったら呪いを受けていたなんて笑い話にもならない。

「……ん」

不意に、今しがた自分の声が殆《ほとん》ど響いていなかったことに気が付いた。

この教室は意外に遮音性が高いらしい。

そういえば、高校時代は教室の遮音性なんて考える機会は皆無に等しかった。

卒業して以来の教室だが、結構色んな発見がある。

数年後に訪れたら、また新たな発見もあるだろうか。

窓辺に歩を進めた後、俺はポツリと口にした。

「……社会人になってからも、もう一回来たいな」

小さな言の葉が、外に広がるグラウンドに吸い込まれる。

木枯らしが校庭の傍らに立ち並ぶ木々を揺らし、季節の音色を奏でる。

隣に移動してきた彩華は、「はは、なにそれ」と静かに言葉を返す。

「――何度でも来れるわよ。そんな簡単に潰れない」

「俺はお前と行きたいんだよ」

そう答えて、彩華へ向き直った。

彩華は目を瞬かせて、少し戸惑ったように返事をする。

「あ、ありがと」

「うん。俺、多分彩華と出会って変わったんだよな。感謝してる」

「……どうしたのよ、今日は。えらく素直じゃない？」

「そうか？　なんか、そういう気分なんだよ」

「……そう。じゃあ、私もそういう気分になろうかな」

彩華は視線を逸《そ》らし、先程の俺と同じように外を眺め始めた。

窓越しに見えるグラウンドでは、バスケ部らしき生徒たちが掛け声とともに外周を走っている。

「……覚えてる？　温泉旅行に行った時のこと」

「当たり前だろ。さっき話に出てたじゃねえか」

「あはは、ごめん。……じゃあ、〝時々あんたとの距離感が分からなくなる〟って言ったことは？」

「……さすがに一言一句は覚えてないけど、なんか言われた気がするな」

旅館の中で、浴衣をはだけさせた彩華がそう言った。

胸元を露《あら》わにして、〝見てもいいのよ〟と迫ってきた記憶が過《よ》ぎる。

「変態。今私の胸思い出してたでしょ」

「不可抗力だ！　作為的で人為的だ！」

「そんな声荒らげないでよ。別にいいわよあんたなら。どんな想像されようが、どんなことされようがね」

彩華は窓付近の手すりに腕を預け、こちらに視線を寄越《よこ》した。

腕に少し顔を埋《うず》めた状態での上目遣い。

〝どんな〟という言葉に様々な含みを感じてしまう。

「ちゃ……茶化《ちゃか》すなっての」

耐えきれずに、彩華から目を逸らす。

窓を開け放って、空気を入れ替えようとした瞬間だった。

「──茶化してないわよ」

静謐《せいひつ》で、それでいて凛《りん》とした声が耳朶《じだ》に響いた。

「……茶化してない」

彩華は静かに繰り返す。

その表情はどこか儚《はかな》い笑みで、俺は目を見開いた。

「……彩華？」

「ねえ……悠太」

彩華は髪を耳に掛ける。

腕を下ろす間際、ピアスに少し触れた気がした。

「私、あんたとの距離感が分からなくなることが今までよくあったの」

「……それは」

「でもね、それって悪いことじゃないと思う。だって私が迷う時って、必ず男女の仲を意識したものだし。私たちが異性である以上、ある意味自然なことでしょ」

高校時代を経て、俺だけは異性などに囚《とら》われない仲になる必要があると、そう思っていた。

実際あの時は「私に惚《ほ》れないで」と口酸っぱく言われていた記憶がある。

旅行の時だけではなく、時折忠告されていたことだ。

彩華は俺の記憶をなぞるように、あっけらかんとした声色で言った。

「あんた、私とは親友って関係しか嫌だと思ってる？」

答える前に、彩華は更に言葉を連ねた。

畳み掛けるように。俺の言葉より先に伝えきりたいというように。

「私は思ってない。親友だけが、私たちの在り方とは限らないって思うようになった」

「……それはそうだと、俺も思うよ」

ようやく俺が返事を挟むと、彩華は少し苦笑いする。

「ねえ、私って贅沢《ぜいたく》かな？」

「贅沢？　なんでだ」

「だってさー、昔は気の休まる人がいればいいやって、それくらいだったもの。告白されるのは億劫《おっくう》だったし、人付き合いそのものに嫌気が差すことだってあった。それが今じゃ……って感じだし。──さっ」

彩華はググッと身体《からだ》を伸ばして、カーテンをザッと閉めた。

外からの陽光が遮断され、教室に陰りが戻る。

薄暗い教室を華やかな雰囲気に染め上げる存在が、真っ直《ま》ぐ《す》こちらを見つめている。

「でもね、私は贅沢したい。贅沢しなきゃ手に入らないものがあるんだもの」

問おうとした途端、彩華がこちらに寄ってきた。

甘い匂いが近くなる。

身体が壁に押し付けられ、動かなくなる。

まるでこれから起きる事象を脳が察しているように。

此処《ここ》から逃げるなというように。
現状維持はもう終わりだというように。
「──私はね」
彩華は俺の首に手を当て、スッと息を吸う。
陶器のような瑞々《みずみず》しい肌が視認できた時には、もう数十センチの距離だった。
彩華は口を結んでいる。
沈黙。
首に当たる彩華の掌《てのひら》には汗が滲《にじ》んでいた。
俺はその掌に迷った末、触れる。
彩華の掌がピクリと反応した。
呼応するように、彩華の手が腰まで回る。
彩華の目線が高くなる。軽い背伸びをしたのだと分かった。
顔が近付く。
顔が、近付く。
互いの鼻が接着するほどの至近距離。
「──」
熱い。

頬《ほお》に当てられた両の掌は、熱かった。
しかし、脳裏に過ぎったことは起こらない。
彩華の顔は横を通り過ぎ、耳に感触があったのだ。
それは甘噛《あまが》み。
ただの甘噛みだった。
口の開く息遣いが耳朶に響き、彩華が自らの身体に抱き寄せてくる。
正面から抱きつくような形になる。
ほんの刹那か、数秒だったかは判《わか》らない。
確かに彩華の唇は耳に触れ、気付けば既に離れていた。
いつの間にか彩華の頭も、目線の下に戻っている。
首元には吐息、腹部付近には柔らかい感覚。
だが、未《いま》だに言葉はない。
自分の抱いた想像が誤っているかの如く、彩華の表情は読めなかった。
秒針が何回時を刻んだだろう。
ようやく、彩華がポツリと呟《つぶや》いた。
「……この前、私の胸に触ったお返しね」
「……やっぱ代償あるんじゃねえか」

甘噛みが代償であるはずがない。

これは動揺を打ち消すための会話に過ぎない。

「さっきの言葉の続き、また今度ね」

「……そうか」

「ね。今の私があるのは、あんたのおかげ」

彩華の声は、ほんの僅かだが掠《かす》れていた。

囁《ささや》くような声だから、掠れているように聞こえているのかもしれない。

「……そんなの、俺も同じだぞ」

「……うん」

仄《ほの》かな温《ぬく》もり、半身を包む柔らかな感触。

本能ではもっと抱き合っていたかった。

だが理性はこのままでは良くないと言っている。

俺たちの関係性において、この現状は。

「今、何考えてる？」

「……俺は」

「私はね。あんたが私と、大人になっても一緒にいたいって思ってくれてたらいいなって思ってる」

「当たり前だろ。お前もそうだろうし、今更確認し合うことですらないぜ」

「あはは、そう言うのは分かってた。今はその真意、深く訊《き》かないでおいてあげる」

彩華は肩を竦《すく》めて、俺から離れる。

甘い匂いが遠のいて、俺はようやく自分がいつも通り呼吸できていることを自覚した。

「ここでやめとく。そろそろ先生来ちゃうかもしれないし、色々勘違いされてもね」

「勘違いってなんだよ」

「二人きりの教室、抱き合う男女。お互い顔が火照ってる。あんたが遭遇したらどう思う？」

彩華は天井付近に視線を上げて、また戻した。

「それとも勘違いされてみる？　出禁覚悟でさ」

「茶化すなよ」

「ふふ、正解。今のはちゃんと茶化してた」

彩華は口角を上げて、窓際に手を伸ばした。

カーテン、窓が開け放たれる。

秋の空気が循環し、教室に漂う雰囲気が霧散する。

「──悠太。今から何にも言わないで、明日に臨んで。私、今日はもう帰る。あの子にとって、良い先輩でもありたいからね」

「……いつもお前は、あいつにとって良い先輩だよ」

「ありがと。でも、そうじゃない。私は、ちゃんと選ぶわよ」

彩華はそう言い残し、教室を立ち去った。

あまりにも颯爽《さっそう》とした仕草に、彩華は此処に長居すること、そして俺の隣から一時的に離脱したかったのだと判った。

普段通りに思えそうな表情でも、心の動揺は察せられる。

そして同じく俺の動揺も彩華は察しているだろう。

今しがたの情景は、俺たちの関係性においてあり得ないはずのものだったから。

……そう、あり得なかった。

理由は一度意識し始めたら崩れてしまうという恐れや、彩華に対して自分だけは異性の感情は切り離して接するという過去の決意。

しかし今しがたの行動は、明らかに一線というライン上に差し掛かっていた。

だが、不思議だった。

本来もっとも動揺すべきこの状況。

無論心臓の鼓動は普段のそれより遥《はる》かに速く、激しいものだ。

俺が自分で意外だったのは、この状況を既に受け入れられていることだった。

他人。

クラスメイト。
友達。
親友。
俺たちの関係性は季節と同じように移ろい、変移するたびに心地良さは増した。
だからこそ、別の関係性へ変移する可能性に憂いを持たずに済んだのかもしれない。

今日、解《わか》ったことがある。
俺たちは、大人になっても一緒にいる。

それは推測ではなく、確信だった。
彩華が立ち去った後の教室、机に置かれた長細い鍵。
ポケットに入った家の鍵を取り出し、翳《かざ》して眺めた。
高二の時、彩華から貰《もら》った雪豹《ゆきひょう》のキーホルダー。
瞳に埋め込まれた蒼《あお》色のストーンが、陽光に反射しキラリと光った。

第8話　木枯らし

主要駅の改札前。

雑踏の中を、一際目立つ存在がこちらへ一直線に駆けてくる。人混みを縫うように近付いてくる姿は、何だか小動物を彷彿《ほうふつ》とさせる。

「ばばばばばば……」

対面するなり、小悪魔な後輩はドラム音を真似《まね》て唸《うな》り出した。

……まだ挨拶すらしていない中で、よくこのテンションを打ち出せるな。

昨日あまり眠れなかったこともあり、正直ついていける気がしない。

「おはよ。なんだよそれ」

「ばばん！　先輩、今日は何の日でしょうか！」

「サークル」

「ちっがいますよ、そんなのいつも通りじゃないですか！」

志乃原《しのはら》はキラキラさせた目をすぐに細めて糾弾してきた。

彼女が望んでいる言葉は明白だが、開口一番言うにはカロリーが高い。

しかし出会い頭で「ばばば」と唸る志乃原にはこの気持ちは汲み取《く》《と》れないだろう。

「せーんぱい。お昼からこうして外で遊ぶなんて久しぶりじゃないですか。男女が二人で外に出かけるイベントの名前は？　そうっ真実はいつも一つ！」

「仮デートだろ。お前と彩華《あやか》の勝負の日」

純粋に楽しむだけの日。

昨日の出来事から、それは少し考えづらい。

志乃原が何を胸中に秘めているのかは判らない。だが――

「別に仮はいらないと思うんですけど！」

「あうあうあう」

志乃原は俺の肩を両手で摑《つか》み、思い切りガクガク揺らす。

されるがままの俺に「先輩！」「上の空！」「戻れー！」と声を届けてくる。

辺りの喧騒《けんそう》も、志乃原の声を聞くことには何の妨げにもならない。

元々よく通る声質なのか、俺が志乃原の声を以前よりも集中して聞こうとしているのか。

思考を強制的に中断されたものの、これはこれで心地いい。

「まあいいです。私は今とっても気分がいいので」

秋らしいカラーコーデに身を包んだ志乃原は、俺からぽーんと手を放す。

危うく倒れそうになった俺に、志乃原はニマニマしながら視線を下から上へと移動させた。

一度目が合うと、また彼女の視線は下がっていく。

関係性の薄い人間から同様の仕草をされた時は品定めのような悪印象を抱くかもしれないが、志乃原に関しては今更というものだ。

俺は腕を組んで堂々と胸を張ると、志乃原はプッと吹き出した。

「うん。先輩、今日も可愛《かわい》いですね！　ちょっと服がよれてるところとか、ダボッとした緩めのパーカーとかっ」

「カッコいいの方が男は嬉《うれ》しいぞ！　ていうか表現悪意あるだろ、一応あえてこうしてるんだよ今日は！　あえてだ！」

身体《からだ》のラインにゆとりをもったパーカーのコーデは、上に羽織るか迷いがちな十月には合っている。

そして着心地も抜群なことから、最近はこれをヘビロテ中だ。

志乃原の前で着るのは初めての服で、目敏《めざと》く反応してくれたことに悪い気はしないものの、可愛いと言われるのは不本意だった。

「女子の可愛いはポイント高い証拠ですも一ん。全く先輩ったら、何回言ったら分かるんですか」

「俺も何回も言ってるんだけどな。カッコいいの方が嬉しいって」

「ふーん。……まあ恥ずかしかっただけで、ほんとはカッコいいと思ってますよ？　先輩の気合いの入った秋服、私初めて見たかもなので」

俺は目をパチクリさせた。

別に改めて褒めてもらいたかった訳じゃないが、いざ褒められると気恥ずかしく、返答に窮してしまう。

そんな俺の反応に、志乃原は口角を上げた。

「先輩、わっかりやすーい」

「なっ、うっせ！　年上をからかうな！」

「あはは、今更じゃないですかぁ」

「だから言ってんだよ！」

志乃原は俺の返事にケラケラ笑う。

そして思い出したかのようにハンドバッグを弄《まさぐ》り始めた。

ブラウンの缶を取り出し、俺の頬《ほお》にピタリとつける。

「先輩、こちらアイスカフェオレです。ひとまずカフェインで意識を覚醒させてくださいっ」

「え？　いや俺、別に眠くないけど」

「いいから受け取ってください！」

ヒンヤリ冷えた缶を受け取って、俺はラベルをマジマジ凝視する。

事前にアイスカフェオレを用意してもらうことなど、今までなかった。

飲み物のチョイスも完璧で、だからこそ訝《いぶか》しんでしまう。

「……なに企《たくら》んでんだお前」

そう訊くと、志乃原はギクリとした顔をした。

「な、何にも企んでないですよ？　別にデートだから初っ端《しょぱな》からポイント稼いでおこうなんて、全然全く思ってないです」

「だからなんで全部言っちゃうんだよ！」

「こうでもしないと先輩いつも通りになっちゃうじゃないですか！　デートだって意識させたいんですよ！」

「あー、へいへい……」

「流すなー！」

腕をバタバタさせる志乃原を横目に缶を開栓すると、空気がプシュリと軽快な音を立てて抜けた。

この音を聞くだけで、今日という一日が愉《たの》しい時間になるような気がしてくるから不思議なものだ。

程よく甘い微糖で舌を喜ばせて十数秒、志乃原に視線を返す。

一連の動作をずっと観察されていたのだ。

「……サンキュー。お金は後で払うわ」

「え、あっ、お願いします」

「……やっぱこの缶になんか入れた？」

「入れてないですよ！」

志乃原は地団駄を踏んで否定する。

……やはりどこかいつもと違う様子なのが引っ掛かる。

外見だろうか。

志乃原のコーデは真紅のデニムジャケットに白のトップス、スカートはワインレッドでお臍《へそ》の上部付近で固定している。

スタイルの良さが際立つものの、着こなす難易度が非常に高そうな秋コーデ。

人混みの中でもかなり目立つ部類に入るが、恐ろしいことにこれに関してはいつも通りだ。

言動が後輩感満載なので日頃はそこまで意識しないものの、やはり雑踏の中で彼女を見ると際立つ存在として再認識させられる。

次にメイクを確認したが、こちらの違いはよく分からなかった。

心なしか頬のチークでいつもより血色が良いような気がするが、光の反射のせいかもしれないので迂闊《うかつ》に口には出せない。

……口？

「せ、先輩」

「ん？」

「見過ぎですよ。その、恥ずかしいです」

「悪い。でも、お前リップ変えただろ？　やっぱ印象変わるもんだな」

志乃原は目をパチパチさせて、みるみる口を尖《とが》らせてきた。

……間違えたか。

暴れ出す前に離れておきたいと、俺はゆっくり後退《あとずさ》りする。

「ご、ごめんごめん、唯一いつもと違うところ探してたらリップかなって。多分、光の反射で──」

「正解ですよ、先輩あざとい！　他の女子にそういうこと絶対言わないでくださいね！」

「正解なのに怒られるの⁉」

志乃原は頬を膨らませて、くるりと踵《きびす》を返し、ＩＣカードで先に改札内へ入ってしまった。

俺はその場に数秒立ちすくみ、ハッとして追いかける。

　すると前からブツブツとした小言が聞こえてきた。

「先輩はよく私にあざといって言ってましたけど、そういうことをサラッと言っちゃうのも絶対あざといですからね。勘違いされますよ」

「前は細かいところに気付いてくれて嬉しいって言ってたのに、どういう風の吹き回しだよ」

「ふんだ。べーだ。あっかんべーだ！」

「……」

「今面倒臭いって思いましたね⁉」

「思ってねーよ何なんだよ！」

　今日の志乃原はいつも以上に情緒が分からない。

　だが、違和感の正体は何となく伝わった。

　外見ではなく、心の内に覚えた違和感だ。


　──どうやら緊張しているらしい。


　思い返せば志乃原と外で待ち合わせて何処《どこ》かへ出かけるのは、仮交際をした五月以来。

　互いが大切な存在だと再認識した、夕暮れ時の観覧車。

あれから五ヶ月弱、あの観覧車は一体幾度回ったのだろう。

回った数だけ時間は過ぎて、俺たちの胸中には何らかの変化が起きている。

今日という日は、恐らくその変化が招いたものだ。

即《すなわ》ち、それは。

◇◆

眼前に聳《そび》え立《た》つ一軒家が俺たち二人を見下ろしていた。

オレンジ色の外壁に、真紅の屋根。

閑静な住宅街の中で明らかに目立っているこの一軒家は、路地に入った瞬間にすぐ視認できるほどだった。

表札には『斎藤《さいとう》』と刻まれており、志乃原がここで立ち止まったので俺の脳内には疑問符が躍る。

なんせ、電車で二時間も移動したのだ。

電車内は先に進むほど閑散としていき、最後の三十分は小声で雑談できるほどだった。

移動中はまたテーマパークなどのデートスポットへ行くものとばかり思っていたが、予想に反して改札から出て見えたのはちょっと高級そうな住宅街。

住宅街を歩く最中も隠れ家のような飲食店が行き先だと推測していたが、それも見事に外れた。

そして立ち止まったのは一軒家の前。

俺は志乃原の意図が全く分からず、戸惑ってしまう。

「なあ、どこだ此処《ここ》」

「ここはですね、斎藤さんのお家《うち》です」

「んなことは分かってる。なんでこの家の前で止まるんだって話だよ。ピンポンダッシュでもするつもりか？」

「あはは、それ面白いですね。いっちょかましてやりますか！」

「バカ、冗談だよ！」

「きゃ〜手が吸い込まれる〜」

そんな棒読みとともに、志乃原の人差し指がインターホンを鳴らした。

閑静な住宅街に無機質な音が鳴り響き、俺は志乃原を羽交い締めにする。

「痛い痛い、先輩っ冗談ですって！」

「冗談になってねえんだよ！　俺も謝るから、絶対逃げんな！」

そう答えたところで、玄関先の電気がパッと明るくなった。

怖い住人が出てきたらどうしようかと思うが、全面的に悪いのはこちら側だ。

俺の腕から逃れようとジタバタ暴れている志乃原は、後でキチンと叱らないといけない。

「先輩、やばいですって！　おと――」

「喋《しゃべ》んな、最初は俺が謝るから！」

俺は彼女の口を手で塞ぐと、志乃原はモガモガ言った。

ガチャリ。

重厚なドアが開いて、中から中年の男性が顔を覗《のぞ》かせる。

白髪混じりの髪の毛はフサフサで、カッチリとしたグレーのスーツを羽織り、中心にはワインレッドのネクタイが輝いている。

……まさか自宅で仕事する方の家だったとは。

仕事の邪魔をしたとなれば、この後の展開は想像に難くない。

内心頭を抱えたが、俺は意を決して口を開いた。

「あの、すみま――」

「なっ」

中年の男性が、志乃原を見てギョッとした表情を浮かべた。

……しまった。

この体勢では、志乃原が暴漢から助けを求めるためにインターホンを鳴らしたように捉えられかねない。

焦った俺は志乃原から離れ、色々勘違いされる前に頭を下げる。

通報される前に事情も説明しなければ——

「あの、すみま——！」

「真由《まゆ》⁉」

……あれ。

今この男性、志乃原の名前を呼んだ気が。

その時、服の裾が軽く引っ張られた。

顔を上げるとともに、何だかとてつもなく嫌な予感が俺を襲う。

拘束から逃れた志乃原が乱れた息もそのままに、上目遣いでこう言った。

「せ、先輩っ、この人、私のお父さんです……」

「…………はあ⁉」

俺はすぐに男性の方へ視線を戻すと、いつの間にか目と鼻の先に接近されていた。

鼻の形や目元は似てい——

「うちの娘に何してるんだ⁉」

「すすすみません‼」

何年か振りに浴びる本気の怒号に、俺は身体《からだ》を思い切り震わせながら一歩下がり、思い切り頭を下げた。

お辞儀の体勢は、面接室に入室する際より深々とした角度になっているはずだ。

志乃原がお父さんに何か弁明しているのを横目に、俺は軽く泣きそうになってしまった。


外観からも察せられたことだが、家の中は快闊《かいかつ》だった。

今居るリビングだけでも俺が住むアパート一部屋の倍の広さはありそうで、中心に立つ六人用の食卓にはホームパーティーを彷彿《ほうふつ》させるような豪華な食事が並んでいる。

キッチンからはお母さんがこちらを注視しており、此処にいるのは計四人だ。

「真由、お前が悪い」

志乃原から事の成り行きを聞いたお父さんは、溜息《ためいき》とともにそう言った。

志乃原も反論の余地がないのか、口を尖らせたまま俯《うつむ》く。

俺は志乃原と隣り合い、正面に座るのはお父さん。

現時点の印象だと、顔立ちは全く似ていない。

「しっかり謝ったか？」

「謝ったよ、子供じゃないもん」

「子供じゃないのにピンポンダッシュをしようとしたのか？　たとえそれがフリであってもだ」

「う……」

志乃原の風向きは圧倒的に悪く、そしてお父さんはどちらかといえば厳格な性格らしい。

これも志乃原とは正反対だ。

「……あの、先程は大変失礼しました」

俺が改めて頭を下げると、志乃原のお父さんは慌てたようにかぶりを振った。

「いや、とんでもない。うちの娘がとんだ粗相を、あの場で悠太《ゆうた》君が注意するのは当然だったよ。多少手荒だったが」

「きょ、恐縮です」

お父さんの発言に、俺は堅い声色で返事をする。

どうやら志乃原は、ピンポンダッシュをした相手が親でしたというプチドッキリを仕掛けたかったようだ。

タイミングが絶妙だったこと、そして日頃の言動に危うさがあることから、本当にやってしまったようにしか思えなかった。

ドッキリを仕掛けたのは実家を前にして子供の気持ちに戻ったからだろうか。

それとも男を親に会わせることにさすがの志乃原も緊張し、それを誤魔化《ごまか》すためだったからか。

いずれにせよ、前回の仮デートと毛色が大きく異なっているのは事実。

チラリと視線を横に流すと、志乃原は目の前に並べられた料理を繁々《しげしげ》眺めている。呑気《のんき》な様子に〝なんで俺が此処にいるんだ〟と直接問い質《ただ》したいところだが、お父さんに見られている中でそれを訊《き》くのも失礼な話だ。

俺の様子に何を思ったのか、お父さんが声を掛けてきた。

「どうぞ悠太君、遠慮なく食べてくれ。真由が悠太君はお腹《なか》を空《す》かせてくると言っていたんでね」

「え、こんな……いいんですか？」

志乃原に倣って視線を落とすと、豪華絢爛《ごうかけんらん》なメニューたち。

カボチャの冷製スープに生ハム盛り合わせ、シーザーサラダに若鶏《わかどり》のコンフィ。

飲食店顔負けのラインナップに、腹の虫がぐるぐる鳴る。

「もちろんだよ。口に合うといいんだが」

……だから駅中で買い食いしようとした時、志乃原に全力で止められたのか。

事前に言ってくれたら、先輩としての挨拶でも考えてきたというのに。

「い、いただきます」

お言葉に甘えて、前菜であろうカボチャの冷製スープを口に運ぶ。

緊張で味が分からなくなることを懸念していたが、杞憂《きゆう》だった。

めちゃめちゃ美味《うま》い。

クリスマスの時に行ったお店のような、明らかに値段の張る味がする。

それ故に下手な感想を口にしたら知識のなさが露見しそうで、この味をどう表現したらいいのか迷ってしまう。

ここはバーナム効果を使うべきか。

当たり障りのない、何にでも当てはまる意見を言ってみよう。

「し、舌触りが――」

「めっちゃ美味《おい》しい！　お父さん、これめっちゃ美味しい！」

「そーかそーか！　良かった、若い子の口に合うか心配だったんだー！」

……こちらも完全に杞憂だったようだ。

俺も「とても美味しいです」とだけ呟《つぶや》いて、素直に冷製スープを愉《たの》しむことにした。

残暑を溶かすような爽やかな味を愉しむために、金色のスプーンを何度も続けて口へ運ぶ。食器一つ一つが俺の生活水準との乖離《かいり》を伝えてくるものの、全く嫌味《いやみ》に感じない。

お父さんのネクタイはシルクの光沢が煌《きら》めいており、これも嫌味に感じるどころか憧れさえ抱いてしまう。

「いやー、食材奮発した甲斐《かい》があったよ。どんどん食べてくれ！」

お父さんが潑剌《はつらつ》とした声とともに、豪快に手を広げてみせた。

口角を上げて皺《しわ》が深く刻まれた途端、リビングは一気に和んだ雰囲気へ変移した。

志乃原の人あたりの良さは、お父さん譲りか。

初対面の人に好かれる雰囲気はそっくりだ。

……初対面といえば、まだ自己紹介をしていない。

既に名前は知られているようだが、ご飯までご馳走《ちそう》になっているのだし、礼儀としてしっかり手順は踏むべきだろう。

「すみません自己紹介が——」

「羽瀬川《はせがわ》悠太君。真由から話は聞いてるよ。自分を導いてくれる素晴らしい先輩だとね」

お父さんは冷製スープを三口で飲み干して、頬《ほお》を緩める。

「え？　いや、ちょ、待ってください、そんな大層な——」

「ははは、謙遜しないでくれ。真由が他の男を褒めているところなんて初めて見たんだよ」

俺はジロリと志乃原を睨《にら》みたいところだったが、お父さんを前にしたらそうはいかない。

せめてテーブルで隠れている太ももを指で撥《は》ねると、志乃原が「いっ」と小声で反応した。

「……これは本人にも言ったんですけど、僕を尊敬するなんて結構珍しいっていうか、他にいないっていうか。実際言ってきたのは真由さんが初めてで——」

すると、不意に志乃原が掠《かす》れるような小声で耳打ちしてきた。

「私、初めてが先輩でよかったですよ？」

……何とか無反応を貫いた。

まるで勘違いしてくれと言わんばかりの発言だ。

お父さんに聞こえていたらと思うと背筋が凍る。

「真由、身を乗り出すなんて行儀が悪いぞ」

「はーい」

お父さんからの注意を受けて、志乃原は笑いを噛《か》み殺《ころ》すような声で着席した。……後でみっちり注意しなくては。

「話を戻すと、俺はそんな大した人間じゃないですよ」

「ふむ……」

お父さんは顎に手を当てた。

何か考えているかのような仕草だが、俺と志乃原の行末でも案じているのだろうか。

お父さんにとって俺という存在は、娘が初めて褒めた男。

そんな大層なハードル、越えられる自信は皆無に等しい。

「悠太君は大した人間じゃない。そんなことは分かってる」

「それはそれで傷付きますけど……」

「いや、すまん。そういう意味じゃないんだ」

お父さんはバツが悪そうに釈明したが、志乃原は咎《とが》めるような表情で口を開いた。

「お父さん、ほんとそういうところ直してってば。何でも口に出せばいいってものじゃないの！」

「すまんって！」

……立場が逆転している。

普段の志乃原家を想像して、少し微笑《ほほえ》ましくなった。

「……よ、要するにだな。一見普通の悠太君が真由の心を動かしたからこそ、その魅力は内面にあると思うんだ。私はそれが知りたい」

「は、はあ」

この人に俺の生活を晒《さら》したら卒倒しそうだな。

実態は普通の大学生――よりもちょっと怠惰な生活を長らく送り、ようやく頑張り始めただけの存在に過ぎない。

仮にお父さんにエリート思考が入っていたら、絶対にそんな存在には預けたくないはずだ。

いや、別に付き合ってる訳じゃないけれど。

「俺、最近就活始めたんですけど、それだけで頭一杯になっちゃったりするくらいの人間ですよ。ほんと内面も大したことないです、謙遜とかじゃなく本当に」

そこまで言葉を並べて、しまったと悔やんだ。

初対面の目上にもかかわらず、自分の現状を卑屈に話してしまった。気を遣わせるような返事を強要してしまう、失敗のテンプレだ。

しかしお父さんは軽快に笑い飛ばしてくれた。

「そうやって悩むことにも価値がある。まあ結果が伴わないと、何を言っても虚《むな》しいだけだが」

「お父さん、そういうとこだよ！　次言ったらほんとにキレるからね！　先輩が！」

「俺はキレねーよ！」

思わず志乃原の冗談につっこんで、慌ててお父さんに笑顔を向ける。

横に志乃原がいては、就活で身につけつつある社会人の振る舞いを見失ってしまいそうだ。

しかしお父さんは俺の言葉遣いよりも遥《はる》かに志乃原の言動が気になるらしく、「真由、お前だって――」と喧嘩《けんか》をし始める。

まだ付け焼き刃である社会人の振る舞いを保ち続けるには、あまりに難易度の高い環境だ。

俺は自分のリズムを取り戻すため、ナイフを手に取り若鳥を切り進めることにした。ウニソースの掛かった若鳥は目を見張るほど美味しかったが、志乃原とお父さんが言い合っているのでリアクションが取りづらい。

結局リズムを取り戻せないまま、二人の口喧嘩《くちげんか》を遮るために言葉を投げた。

「お——お母さんの料理美味しいですね」

唐突かつ、精一杯の常套句《じようとう》。

その言葉にお父さんは口を閉じて、目をパチパチさせた。

……いくらなんでも唐突すぎたか。

俺が内心で頭を抱えていると、横から志乃原が言葉を挟んだ。

「あ、先輩。キッチンに立ってるあの人は、お手伝いの清水《しみず》さんです」

「え⁉ す、すご。お手伝いさんって」

生で初めて見たので感動してしまったが、その感想を口にするのは失礼に捉えられるかもしれない。

グッと堪《こら》えて続きを飲み込むと、人の気も知らずに志乃原は言葉を続けた。

「うち、離婚してるんで」

「はっ」

一番失礼な反応が口から漏れてしまい、思わず手で覆う。

これも余計な仕草だったとすぐ気付いたが、時すでに遅し。

志乃原のお父さんは苦笑いして、「伝えてなかったのか」と言った。

「だって気遣わせちゃうもん」

志乃原が答えると、お父さんは諭すような口調で返す。

「急に言ったらもっと困らせるだろう。もう少し悠太君の気持ちもだな」

「う……先輩、すみません」

今度は素直に反省したのか、志乃原はすぐに謝罪した。

「いや、大丈夫。びっくりしただけで、友達にも普通にいるし」

夫婦の離婚率は三割を超えると聞いたことがある。

クラスが四十人だとしたら、単純計算で十二人が該当する事例だ。

当人の親が眼前にいるので緊張してしまうが、特に珍しがる内容じゃない。

……でも、志乃原の恋愛観の根幹は解《わか》った気がした。

家族の在り方は、当人の在り方に絶大な影響を及ぼす。

自分を確立しきれていない年齢に起こる出来事は、たとえ些細《ささい》なものでも当人の根幹を揺るがすものになり得てしまう。

きっと誰にでも、外的要因から自分の在り方が変わった経験はある。俺にだってその経験はあった。

思い返すと些細な内容でも、当時の自分にとっては重大そのもの。

志乃原にとってのそれが親の離婚となると、及ぼす影響は俺の何倍にもなっていても不思議ではない。

志乃原にとって、親の離婚はどういった影響を及ぼすものだったのだろう。

答えはきっと、彼女の恋愛観の中にある。

志乃原が時折見せる、憂えるような表情。その根幹を垣間見《かいまみ》た気がした。

「二人は長い付き合いなのか?」

「いえ、まだ一年も経《た》ってないです」

「そうか。だがまあ、こういうのに時間は然程《さほど》重要じゃない。真由と悠太君が私に会いに来た意味は解ってるつもりだ」

「えっ」

俺は生ハムの刺さったフォークを一旦小皿に戻した。

もしかして、今日はそういう、、、意図だったのか。

外堀を埋めること。

志乃原は自分の父と会わせるという既成事実を——

「お父さん、勘違いしてる。私、まだ先輩と付き合ってないよ」

「ん? そうか」

俺は思わず志乃原に目をやった。

お父さんの誤認に便乗して冗談でも飛ばすものかと思っていたので、正直意外だった。

「先輩が一年経ってないって言ったのは恋人としてじゃなくて、出会ってから計算してるんだよ」

「なんだなんだ、なら今日は何の会なんだ？」

お父さんも俺と同様、口に運ぼうとしていたフォークをお皿に戻す。

お父さんの返答に、俺は内心がっくりした。

もしかしたらこの豪勢な料理は、俺を娘の恋人だと認識してのものかもしれない。

だとしたら俺という存在は一気に場違いなものになってしまう。

「お父さん、久しぶりの私なんだから堅いこと言わないで。今日は悩める先輩にアドバイスしてくれたら何でもいいの！」

「それで今日を空けといてって言ってたのか⁉」

志乃原の得意げな笑みとは裏腹に、お父さんは目を丸くした。

将来の婿に見せるためだったはずのワインレッドのネクタイが哀しげに揺れている。

俺は今日一番の焦りとともに、志乃原に小声で耳打ちした。

「おい、まさかお父さんに何も知らせないまま……⁉」

「だって先輩、就活とか頑張ってるじゃないですか。少しでも先輩の助けになれたらって！」

「それなら事前に言ってくれよ、質問とか用意できたのに……！」

「わー、最近のコミュニケーション不足の弊害がー」

志乃原は舌をペロリと出した。健康的な色をした舌を引っこ抜いてやりたい衝動に駆られたが、お父さんの前だからと何とか堪える。

それにタイミングはどうあれ俺を想《おも》った行動なのは確かなので、完全には責めづらい。

実際こんな立派な家を建てられるほどの社会人の話は聞いてみたい気持ちもある。

お父さんは嘆息してから、口を開いた。

「そういうことなら悠太君、食事が終わったらベランダにでも行こうか。男同士水入らずで話せることもあるだろう」

「しょ、承知致しました」

「堅い堅い。……清水さん、というわけで後で少しだけ外してくるよ」

キッチンでデザートの林檎《りんご》を切り分けてくれているお手伝いさんが、柔らかい笑みで「分かりました」と答える。

メイドのような受け答えを想像してしまった自分を恥じたが、誰も気付いていないだろう。

三階にあるベランダからは住宅街の屋根たちを一望できた。

高層マンションなどはかなり遠方に数棟見えるだけ。

そのため、三階からでも景観は十二分に愉《たの》しめそうだ。これが自分の建てた家なら、誇らしくなるのは必至といえる。

「煙草《たばこ》は吸うかい？」

「いえ、もう止《や》めました。どうも俺には似合わないらしくて」

「はは、そうか。なら再開するつもりはあるか？　社会人になるなら、喫煙所のコミュニティも視野に入れた方が……と、すまん。早速昔の思考が出てしまったな」

「とんでもないです。早速アドバイスありがとうございます」

お父さんの意見に賛同した訳ではなかったが、ひとまず頭を下げておく。

苦笑いを浮かべたお父さんは慣れた手つきで煙草に火を灯《とも》し、灰色の息を外へ吐いた。

「……悠太君は、どこか私と似ているな」

「僕がですか？」

「そ――」

「ぜんっぜん似てない！　次言ったら家燃やすから！」

三階から去り際だった志乃原が顔をひょっこり出して、物騒な忠告をして消えた。

階段を降りる音が聞こえなくなってから、お父さんは項垂《うなだ》れる。

「娘に言われるとショックだよ……」

娘に罵倒される父親の図を眺めて愉しめるほど、俺の趣味は悪くない。

だが父親の前であからさまな注意をできるほど大胆にもなれないので、せめて今しがたの光景に触れないまま話を再開することにした。

「あの、お父さん。今の話なんですけど、どこが似てると思ったんですか？」

「……不快に思ったかい？」

「いえ、単純に興味があって」

俺の即答に、お父さんは顔を綻ばせた。

「他人に心を開かないところさ」

思わず小首を傾《かし》げた。

「……それって、皆《み》んなそうでは？」

「そうだな。でも恐らく、君はその範囲が少しばかり広い。今は多少克服しているようだが、それでも自分を出せる人は少ないだろう」

「……普段は猫を被《かぶ》ってる、みたいなことですかね」

それなら、かつての彩華の十八番《おはこ》だった。

だから判《わか》るが、俺は猫を被るのが上手《うま》くない。

世間体を意識する行動は難なくできる自負もあるが、それ自体は周囲の人たちと何ら変わらないはずだ。

別に普通と変わらない。

口には出せないが、お父さんの指摘は外れている。

そう結論づけようとした時だった。

「――違うな。ただ心を曝《さら》け出すのを怖がっているだけだ」

目を見開いた。

一体俺のどこを見てそう思ったんだ。

食事の時間はたっぷり一時間ほどあったものの、人を理解する時間にはなり得ないはず。

「意識的に心を開かないのと、無意識に心を開けないのでは訳が違う。君は若い時の私に似ているからあえて明言させてもらうが、後者だろうな。一部にはその限りではないだろうが」

「……自分で言うのもなんですけど、結構当たり障りない世渡りはできますよ」

「最初に出てくる反論がそれだということが、私の推測を証明しているようなものだな」

お父さんは煙草をくるくる回し、鼻から煙を吐く。

灰色の煙は外に流れて、数秒で景色に紛れて視認できなくなった。

「君に就活のアドバイスをする気はないよ。食事中に聞いた君の進め方で大方問題ないと思うし、最低限はクリアできてる。あとは考えることを止めなければ、内定なんて沢山取れる。君は就活が得意なはずだ」

「俺が得意……ですか？」

お父さんは躊躇《ためら》いなく頷《うなず》いた。

「心を曝け出さないことは、悪いことばかりじゃない。君の言う世渡りにおいて、役に立つスキルにもなり得る」

自分にとって思い至る節を探そうとしたが、間髪入れずに言葉が並ぶ。

「でも勘違いしちゃいけない。面接の成績と対人関係はまるで別物だ。驕《おご》りを胸に秘めて放置すれば、いずれ肝心な時に足枷《あしかせ》になる」

お父さんは二本目の煙草に着火して、今度は上へ息を吐く。

「……人生において重要なのは人間関係だよ。プライベートのそれは、心を曝さなければ関係が続かない。学生だからまだ実感もないだろうが、社会人になって三年も経《た》てば大抵の人間と疎遠になるさ。自分の心を曝け出さない人間は、その場に一人もいないだろうな」

「……何が言いたいんですか」

礼儀も弁《わきま》えないまま、気持ちの赴くままに問う。

心の内を言語化されることは幾度となく経験した。真由や彩華、藤堂《とうどう》や礼奈《れいな》と、どれも心地良さすら感じられた。

しかし覚悟のないまま自らの根幹を言語化されるのは、怖さが勝つ。

「理性で恋愛しようとしなさんな」

ドクンと、胸が鳴った。

反論しようとしても、言葉が脳に浮かんでこない。

固まりかけた単語は瓦解して、羅列するに至らない。

「自分の心に従いなさい。理性的な考えは捨て置きなさい。本能のまま行動してから、理性を使えばよろしい。無論限度はあるが、君の抱く悩み程度はそれくらいが丁度いい」

お父さんの声色には聞き覚えがあった。

似ている。

梅雨時、志乃原が過去を話した際の声色と似ている。

「難しく考えてばかりだと、いずれ君の心は閉ざされる。人間の感情は時に矛盾する。理性にのみ重きを置いた考えばかりだとこの矛盾に耐えきれず、自壊する」

「……よく分かりません」

精一杯の返事がそれだった。

分かりたくないだけかもしれない。

その胸中すらも見透かしたように、お父さんは小さく笑う。

「そうか。学生なら、そうかもな。大人になったら、いずれ解《わか》るかもしれない。解らないことを祈ろう」

お父さんは視線を外に投げた。

青空はいつの間にか橙《だいだい》色《いろ》に染まっており、時間の経過が窺《うかが》える。

「まあ、本能の赴くままに行動してみろってこったな！　三大欲求に従えと言ってる訳じゃないぞ？」

砕けた雰囲気になった。肩の力がスッと抜ける。

雰囲気を自在に操っているのか。

志乃原もいずれ、このお父さんみたく容易に場を支配するような人間になるのかもしれない。その姿は何だか少し想像できる。

「私は色々と大失敗した。仕事も恋愛も。しかも、複数回だ。失敗という一言で片付けるのは憚《はばか》られるが、世間から見ればそうなる」

それは離婚のことだろうか。

複数回ということは、それと同等の——

下世話な興味が湧きそうになり、俺は唇を嚙《か》んで邪念を払う。

「最後に訊《き》こう。君にとって、真由はどんな存在だ？」

「……大切な存在です」

「そうか。それが聞けたら充分だ」

お父さんは和やかな笑みを浮かべて、煙草の火を消し去った。

「お開きにしよう。久しぶりに若い子と話せて楽しかった」

そう告げて、お父さんは一足先にベランダを後にする。

俺もサンダルをおもむろに脱ぎながら、お父さんの言葉を反芻《はんすう》する。

後輩や同い年、まして数年程度の歳上《とし》であれば、今しがたのやり取りは気に留《と》めなかった。

だけど、何故《なぜ》か今は素直になれる。

お父さんが俺と似ているとは思わない。もしかしたら心に届く確度を上げるための方便かもしれない。

だが、良い機会だ。

これに甘えて、一度自分を振り返ろう。

選択の前に、きっと必要な過程なのだ。

答えを出すまでに必要な、最後の想起。

俺はサンダルを履き直し、ベランダの塀に上体を預ける。

やけに冷えた十月の風が、枯れ葉とともに頰《ほお》を撫《な》ぜた。

第9話　本物の時間

自分の生い立ちが映画の題材になったとしたら、ありふれてつまらないものになる。そう思っている人がきっと大半だ。

少なくとも俺はその例に漏れない。

当たり障りのない人間が、当たり障りのない日常生活を送る。一体それの何処《どこ》が面白いというのか。

俺なりに楽しい思い出や辛《つら》い思い出はあれど、大衆に披露できるほど鮮烈なエピソードは一つもない。

特筆すべき点がない、至って普通の人生。

心の内を曝け出すことができない、なんて自覚もない。

ただ仮にそうなら、思い当たる節はある。

俺の人格は少なくとも小学校の時点で、既に出来上がっていた。

いや——小学生の時に出来上がった。

小学生の頃、俺は男性アイドルが好きだった。

テレビという別世界の中で一際輝く、華々しい存在。

そんなアイドルを好いたきっかけは、物心ついた時から両親が共働きだったことだ。

親と一緒に過ごす時間が殆《ほとん》どなかった俺は、普通の人よりテレビの視聴時間が少しばかり長かった。

だから俺にとってテレビの住民を好きになるのは自然なことで、整った顔立ちに浮かぶ優しげな笑みには子供ながらに憧れた。

音楽番組の録画を毎日見返すほど男性アイドルに陶酔していた俺だが、別に愛を知らない反動でそうなったなんて暗い背景はない。

単に寂しさによって生じた心の隙間を埋めていただけだ。

親の帰りが遅いのは仕事が理由だったし、幼いながらも仕事の大切さは何となく理解していた。だからといって全く平気という訳でもなかったが、早いうちにある程度割り切れていたのも事実。

物心ついた時から親との時間は少なめだったが、それでも俺はちゃんと両親が好きだった。

実際俺は毎日学校から帰った後、二十二時くらいに帰ってくる母親をワクワクしながら待っていた。

眠くてもリビングの絨毯《じゆうたん》で一時間ほど仮眠して、玄関のドアが開いたらいつでも起きられるように。電話で「ごめんね、帰りが深夜になりそう」と言われた時は、親のダブルベッドで睡眠を取った。

このご時世、子供が共働きの親の帰りを待つことなんて特に珍しい光景でもないはずだ。

「ただいまー、ってもう悠太《ゆうた》……またこんな時間まで起きて。今日は家で何してたの？勉強は？」

「おかえりおかえり！　勉強は三時間した、だから三時間テレビ見たよ。音楽番組録画したから絶対消さないで！」

「分かった分かった。勉強頑張ってたら、ちゃんと残してあげるわよ」

勉強時間よりもテレビの視聴時間が長いと、母親は不機嫌になる。

勉強の妨げになるという理由からゲームや漫画の一切が禁止されていたので、羽瀬川《はせがわ》家の教育方針はわりかし厳しめだった。

俺にとって、テレビは心の隙間を埋める唯一の道具。

通いたくもない塾、スイミングスクールや習字などより、テレビで新しい世界を知る方がよっぽど楽しく興味があったが、親に不機嫌になられると悲しくなるのでその気持ちは表に出さないようにしていた。

「悠太。良い大学に行くためには、今から地頭を鍛えておかないとな。その為《ため》にはこの年齢から遊んでちゃ駄目なんだ」

父さんの口癖だ。

そもそも〝大学〟ってなんなんだろうと、いつも不思議に思っていた。

「父さんも母さんも大学で一生モノの友達を見つけた。悠太も一生モノを見つけるため、良い大学へ行くんだぞ」

良い友達を見つけるためには、良い大学へ行く必要があるのか。疑問に思う部分もあれど、お父さんが言うならそうなんだろうなとすぐに思考放棄した。

理解の及ばない言葉を気にする必要はない。

録画を消されないためには、テストで良い点を取らないと。

心でどう思おうが関係ない。

親から怒られない時間。

お気に入りの音楽番組の録画を楽しむ時間。

そんなささやかな幸せたちを守るためだけに、机に向かい勉強する日々が続いていた。

◇◆◇◆

小学四年生。

人生で初めて両親が授業参観に参加してくれる。

それだけで俺は、一週間前から心が浮き立っていた。

担任は野中《のなか》先生という女性の先生。

参観日の授業内容は道徳で、事前に野中先生から「将来どんな人生を生きたいか」という夢を発表してもらうと伝えられた。

将来の夢がイマイチピンときていない生徒たちに、野中先生は優しげな声色で「これから皆《み》んなどんなことをしたいかとか、そういうのを発表するんだよ」と付言する。

「授業時間が限られてるから、授業の最後に三、四人だけ発表ということにしようかな。誰か発表してくれる人はいるかな？」

皆んながソワソワとし始めた中、野中先生は続けて言った。

「参観日には皆んなのお母さん、お父さんが来るからね。堂々と発表したらカッコいいよ！」

授業参観にテンションが上がる生徒は既に少数派で、羞恥心からか誰の手も挙がらなかった。

俺も様子を窺《うかが》う中の一人だったが、両親の顔を思い浮かべたら珍しく勇気が湧いた。

「はい！」

片手を天井高くに挙げて、大きな返事。

野中先生は嬉《うれ》しそうに、「羽瀬川君！」と拍手する。

俺が手を挙げたら釣られるように、パラパラと三人の手が挙がった。

「何事もね、一人目になるってすごい勇気が必要なんだ。皆んな、羽瀬川君に拍手！　羽瀬川君には大トリを任せちゃおう！」

野中先生は称賛して、惜しみない拍手で手を鳴らす。

クラスメイトも皆んな「おーっ」と茶化《ちゃか》し半分ながら、拍手をしてくれた。

皆んなの前で褒められたのは初めての経験だ。

その日の夕食時、俺は両親にこの報告をしたくて堪《たま》らなかった。

たまに「学校はどうだ」と訊かれても、褒められるようなことを言えた覚えは殆どなかったから。

俺は野菜炒《いた》めを食べる最中、あくまで平常心を装ってその出来事を報告した。

「俺さ、今週の授業参観で発表するんだ。クラスで四人しか発表できなくて、皆んな手を挙げなかったんだけど、俺が一人目でめっちゃ褒められた。先生も、一人目になるのは偉いって。だから俺一番最後を任されたんだ、クラスの印象を決める大事なところだからって」

唐突に長々喋《しゃべ》り出した俺に父さんも母さんも目をパチパチさせていたけれど、やがて和やかに口角を上げる。

「そうか。確かに一人目は勇気がいるしな。偉いじゃないか」

珍しく父さんが褒めてくれた。

「凄いっ！　先生の言う通り、悠太のおかげで皆んなも助けられたわよ。一番最後の発表、バチッと決めようね」

母さんの褒め言葉には、いつもより感情が乗っていた。

久しぶりに家族の揃《そろ》った食卓。

こうして両親から同時に褒められる機会は貴重で、それだけで苦手なピーマンの入った野菜炒めだって美味《おい》しく感じられる。

内心気持ちを昂《たかぶ》らせながら、俺は声高々に宣言した。

「参観日、絶対来て！　俺、堂々と発表するから！」

俺の夢は二人とも知らないから、当日はびっくりするはずだ。

両親ともに微笑《ほほえ》ましそうに笑う。

父さんは「任せとけ。会社も無事に有給がとれたからな」と誇らしげ。

母さんも「そりゃあ、これだけ悠太に言われたらねえ」と楽しみにしている様子だ。

初めての授業参観に、家族全員に浮き立つ気持ちがあるのだろう。

ピーマンの入った野菜炒めも、大人に一歩近付いた証《あかし》。

たまにはピーマンを食べるのも悪くないなって、そう思えた。

満を持して参観日がやってきて、野中先生が俺に質問した。

皆んなに問う際と同じように、陽気な声色そのもので。

「じゃあ、最後に羽瀬川君。羽瀬川君は将来何になりたいですか？　どんな人になりたいですか？」

質問を受けて、俺はそれまでの皆んなの答えを想起した。

消防士。

サッカー選手。

お父さんみたいな格好良い大人。

どれも答えが出た時、すぐに惜しみない拍手が送られていた。

俺の答えは決まっていた。

自分の心の隙間を埋めてくれた存在。

誰かの心の隙間を埋められる存在。

自分もいつか、そんな存在に成れたら。

これが人前で勇気を絞り出すための最初の試練だ。

「俺は、アイドルになって沢山歌を歌いたいです！」

一瞬教室が静まりかえる。

それは普段の静寂とはまた違う、異質な沈黙。

声を発して数秒、徐々に喉が干上がっていく感覚。

そしてパラパラとした寂しい拍手はすぐに鳴り終わり、声が聞こえた。

男子の「でもさ」という不満げな声。

女子の「え？　羽瀬川君が」という戸惑いの声。

男子の「俺は良いと思うけど」という僅かな擁護の声。

野中先生の着席を促す声を聞いて、おもむろに腰を下ろす。

自分の体重が何倍にもなったような錯覚。

授業が終わった後にどんな空気になるか分かる気がする。

その嫌な予感は、数十分後にあっさり的中した。

「あはは、お前アイドルになりたいんだってな！」

男子からの笑い。

「私もアイドル好きなんだけどさ、羽瀬川君は全然違うじゃん。無理だよ」

女子からの否定。

「羽瀬川君。しっかりとした理由はあるのよね？」

先生からの疑い。

「悠太、真面目に発表しなきゃダメじゃない」

帰宅後の、親からの説教。

……色々積み重なっていたが、多分これが一番効いた。

夕食を食べていた時、母さんが残念そうに溜息《ためいき》を吐《つ》いたのだ。

母さんの言葉に我慢できず、思わず首を横に振る。

「違う!!」

「何が違うの？」

「だから、違うんだって！」

だけど俺には、自分の胸中を上手《うま》く言語化できる能力はなかった。

上手く言葉が出てこなくて、もどかしくて、涙が沢山目に溜《た》まる。

違うって言いたい。言いたいのに、声を出したら震えてしまう気がして、何も言えない。

「次は普通に会社行くかな」

父さんがいつも通りの声色でそう告げる。

平坦《へいたん》な口調の裏には、失望の色が隠されている気がした。

違う。父さん、違うんだ。俺、真面目に発表した。

夜更かししてまで真面目に将来を考えて、やっぱり自分の夢はこれしかないって思って、初めて皆んなに夢を発表したんだ。

〝心の隙間を埋められる存在〟という文言さえ出てくれれば違っていたんだろうか？

でもあの異様な静寂を破る勇気は、俺にはなかった。

「先生も、夢は素晴らしいって、授業の最後に――」

「最後の挨拶の話？　あれって、先生は悠太のことを褒めてたの？　悠太じゃなくて、皆んなに向けて言ってたんじゃないのかな。お母さんにはそう聞こえたけど」

「……もういい」

俺は不貞腐《ふてくさ》れて、食事を中断して立ち上がる。

子供部屋へ赴く際、背中から「勉強はしなさいよ」という声が追い掛けてきた。

どす黒い感情が胸から口に押し上がり、言葉の代わりに舌が鳴る。

親に向けて、初めて舌打ち。

しかしその音が聞こえなかったのか、親は何の反応も示さない。

安心したような、残念だったような。

いずれにせよ、初めての反抗は不発に終わった。

次の日に教室へ入ると、一瞬の静寂と笑いがあった。

隣の席の友達も何となく余所余所《よそ》しくて、自分はクラスで笑われる立ち位置へ沈んだらしい。
さすがにもう、自分が分不相応な夢を口にしていたということは自覚できた。
消防士になりたいと言った男子は、短距離走で一番速かった。
サッカー選手になりたいと言った男子は、少年サッカーチームのキャプテンだった。
お父さんみたいな格好《かっこ》いい大人にと言った女子は、クラスから愛されていた。
俺には特に何もない。
確かにこれでは、俺の発言は分不相応。
しかし、結論付けると同時に思った。
夢っていうものはいつだって分不相応なものじゃないんだろうか。
不条理に対する怒りがあったが、それよりも羞恥心が勝つ。
やっぱり笑われたことはどうしようもなく恥ずかしい。
恥ずかしくて、悲しくて、もうあんな気持ちにはなりたくなくて。
どうすれば二度とあんな気持ちにならなくて済むかを考えたら、すぐに答えは出た。
特別を目指さなければいい。
普通から外れていそうな思考を持った時は、自分の心を明け透けにしなければいい。
安易に心の内を曝《さら》け出すことはもうしない。
そちらの方が絶対心は傷付かないから。

目立たず安全に、それなりに楽しく過ごせたら満足だ。

心の内を晒《さら》して笑われるなら、嫌われるなら。

俺は誰にも本音は言わない。

この決断が将来にどう影響するのか、俺の頭では明確には分からなかったけれど、傷付きたくないという意思だけは固まった。

発言の取捨選択。

もしかしたらこの思考回路が大人に近付いた一歩なのかもしれない。

その日の夕飯に用意されたピーマンはいつもよりも苦くて、親の目を盗んでこっそり捨てた。

◇◆

中学二年生になった。

今日は久しぶりに母さんが訪れる授業参観の日。

アイドル云々《うんぬん》で恥をかいた記憶が脳裏に過《よ》ぎり、俺は小さく息を吐く。

昔のことを想起していると、どうしても頭に靄《もや》がかかってしまう。

「皆さんは面白い人生を歩みたいですか」

……今しがたの思考回路とは対極に位置する、希望に満ち溢《あふ》れた質問が担任の口から飛び出し、俺は顔を顰《しか》めた。

〝面白い人生を歩むには個性が必要だから、皆《み》んなでそれぞれの個性を尊重し合おうね〟なんて結論に持っていくための前質問だろう。

先生の計算通りか、クラスメイトたちは口を揃えて「そりゃー、面白い人生がいい！」と答えていく。

小学生の頃の俺なら、この場でどうしていただろうか。

自分の本音を晒して笑われていただろうか。

そう考えていた時、先生と目が合った。

「羽瀬川は？」

先生がこともなげな口調で質問を投げてくる。

皆んなの視線が自分に集中するのが判《わか》る。

俺は控えめに、しかしハッキリと答えた。

「普通が一番ですかね」

一瞬、教室が静まり返る。

そして、誰かが吹き出した。

釣られるように周りに笑いが溢《あふ》れ出《だ》す。

「羽瀬川らしいな」「あはは、言うと思ったー」

以前母さんが参観した際とは、全く異なる反応。

俺の答えを聞いて、先生も口角を上げていた。

「ま、羽瀬川は今時ってやつだな」

「ですね」

……俺にはこちらの方が居心地良い。

場の空気に合わせて、自分にどんな役割が与えられているのかを自覚して八十点の答えを目指す。

百パーセント演じている訳じゃない。あくまで自分の心から湧き出た言葉を、周囲の期待に充てがうだけだ。

もちろんたまに外すけど、平均点が高ければそれなりの人間関係は築いていける。

俺にはこの立ち振る舞いが性に合う。

「……今時ねえ」

後ろから声が聞こえてきた。

振り返ったら、誰かの親が俺から目を逸《そ》らした。

小学生の時の俺なら傷付くだろう。

だけど今は傷付かない。

今しがたの発言は、純然とした本音ではなかったから。

作為的な言葉に何を言われようが構わない。俺にとっては〝この声が母さんに届いてればいいな〟なんて幼稚な復讐《ふくしゅう》を楽しむ材料でしかなかった。

不意に、母さんの姿が視界に入った。

反抗期に突入したことが起因して両親から勉強を強要される頻度は露骨に下がっており、チラリと見えた母さんの顔が実につまらなそうだった。

溜飲《りゅういん》が下がる。あの時子供が描いた夢を信じないのが悪い。

そう思って母さんに向けて笑みを浮かべようとしたが、口が上手く動かなかった。

俺は小さく息を吐いて、再度前へ向き直る。

……本当は解《わか》ってる。

夢を諦めたのは俺自身で、あっさり他人の意見に迎合してしまったのも、心を閉ざしたのも自分の弱さ。

実際授業参観という発表の場でなければ、気軽に将来を語る人は珍しくなかった。

本来、俺だけが夢を諦めて心を閉ざす道理はない。そんなことは解ってる。

――でも、もう遅い。

あの時他人に心の内を晒すリスクを知ったのが全てで、そこから今まで歩いてきた人生の取り返しはつかない。

傷付かないように上手く人付き合いをすることへ注力した結果、小学生の頃から決定的に変わった心持ち。

物事にのめり込むことができないような性分は、多分もう変わらない。

俺の人格は、既に無気力というものに形成されてしまったらしい。

これが本音を話さない時間を過ごし続けた弊害なのだろうか。

そんな自分を憂える気持ちは僅かに残っているものの、それもいずれ消えるだろう。

無気力でもなんでも、それなりの幸せは感じられるのだ。

物事全ての妥協点を模索し、自分を納得させるために動く。

生きるって多分そんなものだと思う。

「羽瀬川らしい答えが出たとして、他に意見がある人は──？」

先生の発言に、友達たちが軽く笑った。

俺は友達に向けて口角を上げてみせる。

授業中のアイコンタクトは、友達の証《あかし》。

いつでも話せる友達がいるだけで、俺は満足だ。

先生から「それではグループを作って話し合ってみてください」と呼びかけられるような授業でもあぶれたこともないし、ましてイジメにもあっていない。

女子とだって普通に喋《しゃべ》れるし、俺がこれ以上望むことこそ分不相応というやつだ。

中学生になってから、俺は一度も傷付いていない。

あの時求めていた生活を、俺は送れているんだ。

そう思考を巡らせていた時、授業終わりの鐘が鳴る。

後ろに立ち並んでいたクラスメイトの親たちが教室からゾロゾロ退室していく。

何となく視線を投げてみると、既に母さんはいなかった。

教室に漂う黒板消しの匂いが、今日はいつもより不快に感じた。

◇◆

高校二年生に進級してすぐ、異質な存在と言葉を交わすことになった。

のらりくらりと過ごす日常に現れた、鮮烈な存在。

放課後の教室に一人佇《たたず》む、孤高な雰囲気を放つ凛《りん》とした背中。

美濃彩華《みのあやか》。

性格に難ありと噂《うわさ》されながらも、学校一の人気を保つ女子生徒。

「なに?」「……何かこの教室に用でもあるの?」

「私、今日告白されたの」「……茶化《ちゃか》したりしないんだ」

「うん、いいね。羽瀬川君の、その感じ」「これから、よろしくね」

そのやり取りは、時間にするとたった数分。

しかし短時間にもかかわらず、俺は彼女の色んな声色を聞いた。

邪険な声、面白がる声、哀《かな》しい声。

……あの哀しい声にはどんな意味があるのだろう。

帰ってから何度か考えたが、美濃のことなんて殆《ほとん》ど知らないのだから当然答えは見つからない。

美濃に興味が湧いた理由だって、まだ解《わか》らない。

次の日の登校中も、山道を登りながらそのことばかり考えていた。

誰かに対して友達になりたいと明確に感じた経験は殆どなかった。

いつも何となく席の近いクラスメイトに喋りかけて、その人を皮切りに喋れる人を増やしていく。

一定数友達がいれば学校生活はそこそこ楽しいものになるので、運良くクラスの中心グループに入ればなお心地良い。

既に充分友達を確保できていた俺にとって、学校一の存在である美濃と仲良くなろうとすることは、普段から少し逸脱した行動でもあった。

逸脱してでも美濃を知りたいと思った理由は、一体何なのだろうか。

変に目立ちたくないという気持ちや、何者にもなりたくない気持ち。そんな今までの思考が、美濃を見た瞬間に吹き飛んだ。

単に綺麗《きれい》だから、そう感じたのだろうか。

少し似ていると思ったから、そう感じたのだろうか。

「……ん」

思考の途中で、美濃の後ろ姿を視認した。

坂道の上を歩く美濃は、珍しく一人だ。

……昨日の邂逅《かいこう》から連日のタイミング。

これも何かの縁かもしれない。

俺は追いかけて、美濃の背中が近付くと声を飛ばした。

「美濃っ」

肩をピクリと震わせて、美濃がこちらに振り返る。

連日見てもびっくりするくらいの精巧な顔立ちに、一瞬足がすくむ。

「ああ。羽瀬川君だっけ」

「覚えてくれたんだな。これで記憶に定着したか？」

「もー、根に持たないでよ」

美濃とは高一からクラスが一緒だったが、喋ったことが殆どなかったことから邂逅当初は邪険にされた。

その出来事を掘り返すような俺の返答に、美濃は苦笑いする。

しかし不快になったような声色ではなかった。

「二年連続同じクラスなんだから、これからは私とも仲良くしてもらわなきゃ」

「ったく、よく言うぜ」

「そう？」

美濃は然程《さほど》気に留《と》めることなく、俺から視線を外す。

一瞬の緊張はすぐに解けた。

美濃が素を出して話しているのを再認識し、その素に相性の良さを勝手に覚えたからかもしれない。

美濃も同じことを感じてくれていたら嬉《うれ》しいが、恐らくまだ何の印象も抱いていないだろう。

男子と二人で話すことなんて、美濃にとっては日常茶飯事のはずだから。

でも、それも確かめてみなくちゃ判らない。

噂話の一切よりも、自分で見たもの、感じたものが全て。

その気持ちが、俺に言葉を紡がせる。

「俺さ、なんで自分が美濃と仲良くなりたいって思ったのか考えてるんだ」

「……普通それ本人に言う？　昨日から思ってたけど、羽瀬川君って結構変わってるよね」

「そんな褒められても」

「わー、すっごいポジティブ」

美濃は口角を上げて、視線をこちらに戻した。

美濃彩華のことをもっと知りたいと思った理由。

今まで友達を作りたい理由は、〝普通皆《み》んなは友達がいるから〟という場に合わせたものでしかなかった。

でも本来、友達を作る理由はこうあるべきなのだ。世間体など気にせず、自らの意思で深い関係になりたいと思いコミュニケーションを取ってこそ、人と人は繋《つな》がっていく。

「理由ねえ。私が可愛《かわい》いからじゃない？」

「いや、関係ないな」

「おいっ」

美濃はつっこんで、口を尖《とが》らせた。

「昨日の今日で遠慮なさすぎでしょ」

「遠慮してたら仲良くなれない気がするし」

美濃は視線を一度こちらに寄越《よこ》して、すぐに逸らした。

返事を待っていたが、無言の時間が数秒続く。

放っておいても美濃は何も喋《しゃべ》らなそうなので、俺は口を開いた。

「仲良くなりたいと思った理由さ。もしかしたら、何か学べるって思ったからかもな。成績とか、そういう話じゃなく」

美濃の視線が再度俺に注がれる。

他人を信用していない瞳だった。

性格に難ありなんて噂を流されてはそうなるのも道理かもしれないが、それこそが俺の今まで関わってきた人間たちとは違う点だ。

「私が一体何を教えるのよ。ていうか、そんな打算で近付いてきたの」

「いや、別にそういう訳じゃないけど。つーか先に教室にいたのはお前だろ。俺は日直だったんだよ」

「……まあ、それもそうね」

美濃と関わることで何かを学べれば、という気持ちはたった今湧いてきたものだ。

あの時の気持ちを言語化するのは少々気恥ずかしいので覆い隠そうとしたのだが、美濃にとっては地雷らしい。

思考をなぞるように、美濃は立ち止まってから訊《き》いてきた。

「じゃあ、羽瀬川君の本音は？」

「へ？」

「私の友達になりたいなら、その友達に本音隠してんじゃないわよ」

「う……」

俺は思わず返事に窮する。

先程も別に嘘《うそ》を吐《つ》いた訳じゃない。ただ本音を教えるのが恥ずかしく、それでいて拒否されるのが怖いから、その一部を隠しただけだ。

〝嘘吐かないでよ〟と言われたら否定できた。

だが〝本音を隠すな〟という文言を否定すれば、そこが嘘になってしまう。

「なんて問い詰め方だよ。一気に詰んだわ」

とはいえ、本音を晒《さら》すということは傷付く可能性も上がる。

美濃が裏切らないという保証はどこにもない。

だがここで変わらなければ、一生俺はこのままな気がする。

誰も信用せず、誰にも信用されず。

今まではそれでもいいと思っていた。

だけど、本当は俺も――

「うっさいわね。で、三秒で答えないと私は一人で登校するけど」

「美濃に興味がある、なんか一緒にいたら楽しい気がする！」

「うわぁ、ほんとに言っちゃった……」

「てめえ!?」

思わず大声でツッコんで、俺は慌てて口を塞いだ。

周りを見渡すと、面識のない生徒がこちらに視線を送っている。

……しまった。

俺は心の中で後悔すると、その途端美濃が吹き出した。

「あはは、いいじゃんそのキャラ。それがあんたの素なんでしょ？　確かに口悪いけど、私は結構好きよ」

「え？　ああ、いや……んなことは」

本音を一瞬で受け入れられて、あまりにも拍子抜けで俺は勘ぐってしまう。

本当にこれだけで、心の内を曝《さら》け出せる仲になれるのだろうか。

もし裏切られたら──

「ねえ」

胸をドンッと押された。

坂道をよろけて、二、三歩下がる。

「私はさっきのあんたと友達になりたくてよろしくって言ったのよ。出ておいでなさいよ、昨日の羽瀬川悠太くん。ゴチャゴチャ考えて本音隠すのが君って訳じゃないんでしょ？」

その言葉に視線を上げた。

美濃の頭上から、煌《きら》びやかな朝陽《あさひ》が差し込んでくる。

曇りのない美濃彩華の表情に、俺は決心した。

こんな言葉をかけてくれる人間は、今までいなかった。

賭けてみたい。

これで騙《だま》されているのなら、人間不信一直線。

そんなリスクを孕《はら》んでいても、騙されてもいいとさえ思える何かが美濃にはあった。

「……生憎《あいにく》、ゴチャゴチャ考えるのも俺だよ。友達になったら、これも受け入れてくれんのか」

美濃は目を瞬かせて、ニッと口角を上げた。

「当たり前でしょ。あんたは友達なんだから」

「そうか。ほんとに遠慮しないからな」

「上等。私も別に遠慮しないわ」

「……じゃあ、これからは羽瀬川って呼んでくれ。友達の証《あかし》ってことで」

俺も小さく笑みを浮かべて、美濃の隣へ歩き出す。

初めて隣り合った俺は、一つ直感した。

「友達の証なんていらないでしょ。あんたは私が許可する前に〝美濃〟って呼び捨てしてるんだし」

「根に持つなよ」

「今初めて言ったのよ！」

美濃は噛《か》み付《つ》くように言葉を返し、それから肩を揺らして笑う。

初めて間近で見た、美濃の笑顔。


——一つの願望にも似た直感が過《よ》ぎった。


美濃なら、心の内を曝け出しても受け入れてくれる。

こういう存在は、大人になってもきっと財産だ。

……大人になっても、美濃との関係は続いているのだろうか。そうなったら、いつかの父さんが言っていた〝一生モノ〟というやつだ。

友達になったばかりの人間に抱く感情ではないかもしれない。

でも、咎《とが》められることはないだろう。

少なくとも隣を歩いてくれる友達は、きっとこの思考を笑わない。

「？　なに見てんのよ」

制服を脱ぐまであと二年を切った。

きっとこの先は、良くも悪くも刺激的な毎日が待っている。

本物の時間を過ごすからこそ伴うリスク。

でも、それ以上に得られるものがあると信じたいから。

「いや、なんでも。これからよろしくな」

「……うん、こちらこそ」

目の前を滑空してきた燕《つばめ》が通り過ぎる。

青い日の幕が上がる音が、聴こえた気がした。

◇◆◇◆

本物の人間関係を築けるようになっていけたのは、間違いなく彩華と出会ってからだ。

自分が心を開いても相手が心を開いてくれるかは分からない。

だが自分が心を開かないと相手も心を開いてくれないのは確かだと理解できた。

気取らなくてもいい。

ありのままの自分で過ごせる時間。

その時間があったから、俺は今の俺を形成できた。

立派な人間とは口が裂けても言えないが、少なくとも幸せな時間を過ごせるくらいの人間にはなれたのだ。

大学に入学して、藤堂《とうどう》と出逢《であ》った。美咲《みさき》に出逢って、大輝《だいき》に出逢った。

そして――焦がれるような元恋人、礼奈《れいな》に出逢った。
クリスマスシーズンには真由《まゆ》に出逢った。
礼奈の親友、那月《なつき》にも出逢った。
これからも、きっと心を通じ合わせる相手と出逢い続ける。
スレた小学生時代を思えば、まともに成長した方だ。
もっとも、俺は彩華や真由と違って交友関係は広くない。
だからこそやっとできた親しい人たちは、本当に貴重な財産なのだ。
宝物に壊れる可能性が内包されているなら、俺は露出させず大事に包んでおきたい。
どんな拍子で割れるか分からない宝石なら、金庫に入れてしまっておきたい。
現状維持をしろと、臆病な自分が言っている。
でも、理解している。
俺たちは、もう戻れないところまで来た。
何がきっかけでこうなっただとか、そんな起因は既に些末《さまつ》な問題だ。
今の俺に、未来の関係が託されている。
それはいつだって不変の事実で、しかし自覚し難《がた》い縛りの事実。
自覚したままのらりくらりと時間を過ごせば、いずれ本物は偽物になる。
この本物の時間を生かし続けることが、今の俺にできること。

礼奈の顔が頭を過ぎる。

もう少し、もう少し。

もう少しだけ現状維持をと、誰かが言う。

――俺の弱さが、そう言った。

今までの現状維持は、遁走《とんそう》に過ぎなかった。

未《いま》だ知らぬ一面を垣間見《かいまみ》た時に二人の関係性は一歩前に進むというのに、俺は見ない振りをした。

吉と出るか、凶と出るか。

知りたいが、それと同時に怖かった。

知りたいけど進めないジレンマが、今まで胸を燻《くすぶ》っていた。

だが、もういいだろう。

そうして辿《たど》り着く先は人それぞれで、辿り着いてみなければ判《わか》らない。

凶を恐れていたら、何も変わらない。

吉を信じて進むしか、本物を生かし続ける術《すべ》はない。
それこそが本当に必要な現状維持だ。

礼奈は前に進んだ。
真由は前に進もうとしている。
彩華は前に進むきっかけをくれた。

だから、遁走はもういい。
宝物を隠さずに、陽の下へ還《かえ》す時がきた。
そろそろ前へ進めよ、俺。
これから先も、本物の時間を過ごすために。

第10話　林檎の匂いは頬を濡らす

ブブッとポケットに入ったスマホが震える。
流れる景色に視線を置いてどれ程の時間が経《た》っただろう。
スマホを確認すると、メッセージの送り主は彩華《あやか》だった。
『昨日はありがとね』
短い文面。
絵文字やスタンプの一つもなく、一見愛想のない八文字。
何の装飾も施さない、裸の言葉。
——俺たちは本物になった。
もう何年も前の話。
……彩華。
「すみません、今日は付き合わせるだけになっちゃって」
思考から引き戻される。

俺は目を瞬かせて、流れる景色から視線を移した。

隣で、志乃原《しのはら》が憂鬱そうに俯《うつむ》いていた。

いつにない面持ちをしている後輩が、ポツリと謝ったらしい。

帰りの電車。乗客のいない、ガラリと空いた最後尾の車両。

窓ガラス越しに住宅街にもう一度視線を移しながら、俺はゆっくりかぶりを振る。

「何謝ってんだよ。俺は嬉《うれ》しかったぞ」

「ほんとですか」

ガタンガタンと、車両が揺れる。

心地いい揺れに微睡《まどろ》みそうになりながら、俺は志乃原に視線を落とす。曇りのない大きな瞳が、こちらを真《ま》っ直《す》ぐ捉えていた。

「……おう。なんだかんだこういう親の話とか、今までしてこなかったろ。初めて知ったし」

「はい。ぶっちゃけ、あえて避けてましたからね」

「だろうな」

初めて両親について触れられたのは、梅雨時のことだ。

彩華との過去を話してもらった際に、ほんの少しだけ親の話も出てきた。しかし今日という日を過ごしてみれば、あの時は親について避けて話していたのが分かる。

「でも今日は、先輩に私のことを知ってほしかったんです」

「……そうか。ありがとな」

お礼を言うと、志乃原が「えっ」と声を漏らした。

「んだよ。俺変なこと言ったか？」

「いえ、あの。嬉しいって言われるばかりか、お礼まで言われるなんて思ってもいなかったので……今日の私って、なんだか先輩を巻き込んでるだけというか」

「それは割といつもだろ」

「彩華さんとの勝負だって、先輩には関係ないと思いますし」

「関係はあるだろ」

「全部否定しないでくださいよ⁉」

「どうしろってんだよ！」

志乃原は口を尖《とが》らせて、ぷいっとそっぽを向く。

時折見せる幼稚な仕草に、俺は肩を竦《すく》めた。

スマホの電源を消して、ポケットにスルリと落とす。

掌《てのひら》から然程《さほど》落下距離はないはずなのに、ズシンと確かな重量感。

積み上げた年月がそこに入っている気がして、深厚な感情を覚えた。

「先輩？」

「……とにかく、大きな声出すな。人はいなくても、一応電車だ」

「……誰もいないんだからいいじゃないですか。走行音でかき消されるでしょうし」

「そうかもしれないけど」

続けようとしたが、喉から出そうになった言葉は飲み込んでおく。

志乃原はポーチの紐《ひも》をキュッと握ってしょげたように俯いており、余程今日のプランを後悔しているようだったから。

俺にとっては有意義だったのに、プランを提示した本人が落ち込んでいては世話ない話だ。

額へ軽くデコピンすると、志乃原は「あいたっ」と言って頰《ほお》を膨らませた。

「む！　先輩、最近なりを潜めてたドメスティックバイオレンスの再来ですかっ」

「アホ、俺がいつバイオレンスしたよ」

「今！　たった今ですよ！」

俺は「ごめんごめん」と軽く謝罪し、流れる景色に視線を戻す。

この調子なら、すぐにいつものハイテンションに戻るだろう。

以前の仮デートより志乃原について知れて良かった、なんて感想を俺が抱いていると知ったら、彼女はどう思うだろう。

そう思案していると、流れる景色のスピードが先ほどよりも遅くなったことに気付いた。

窓から視認できる景色は洋風な家々から一転、瓦屋根の家や木造のアパートたちへ変移している。志乃原のお父さんが住む住宅街よりも、明らかに年季の入った家ばかりだ。

寂れた駅のホームへ停車すると、隣の車両からは誰も降りる様子がなかった。

この最後尾に入ってくる乗客も一人もおらず、少なくともあと五分ほどはこの車両を二人占めできそうだ。

電車が大量の息を吐いて再び景色が流れ始めると、志乃原が静かに言葉を紡ぐ。

「すみません。やっぱり私、お父さんに会わせるべきじゃなかったです」

「は？　なんでだよ」

「……だって、先輩ずっと上の空ですもん。今日、貴重な一日だったのに……」

先程から志乃原は珍しく落ち込んでいる。

中々落ち込まない志乃原だが、一度こうなったら結構引《ひ》き摺《ず》るらしい。俺は頭をガシガシ掻《か》いて、志乃原を見据えた。

「何言ってんだよ。お父さんからは色々アドバイス受けて、めっちゃ参考になったぞ」

「……どんなアドバイス受けたかなんて、重要じゃないですもん。その後先輩が私に集中してくれなかったのが重要なんですもん」

「いや、結構集中してたぞ。証拠にお前の幼少期のアルバム、お父さんとコッソリ見てた」

その一言を聞いて、志乃原は目をパチクリさせた。

数秒何の返事もなかったのは、耳に入ってきた言葉を咀嚼《そしゃく》するのに時間を要したからか。

志乃原はみるみるうちに顔を赤らめて、ついには頭を抱えた。

「――え⁉　なっ、なんで⁉　ちょっと待ってください、なんで私の知らないところでアルバムなんて！」

「めっちゃ可愛《かわい》かった。今までで一番素直に言えるけど、小学校に入学したての頃なんてま〜人形みたいな顔してた」

「えへへ、うれ――じゃない！　く……可愛いって言われたら素直に怒れない……！　でもやっぱりどんな写真見られたか分からな――」

「あー、裸の写真とか？」

「先輩今すぐ飛び降りてください。今すぐに！」

「イデ冗談だよ！」

珍しく志乃原に腕を抓《つね》られて、俺はすぐさま降参する。

実際アルバムを見ていた時間は五分にも満たなかったので、志乃原が危惧するような写真は一枚もなかった。むしろ映りの良い写真ばかりのラインナップ。お父さんが自分用にカスタマイズしたのかもしれないが、この推測は伝えなくてもいいだろう。

「ごめんって」

「ぷいっ」

「効果音を口に出すな」

「ぷぷい」

そっぽを向いた志乃原の頬は、空気でプクリと膨れている。

デジャブを感じながら彼女の頬を指で押すと、ぷしゅりと空気が抜けた。

人差し指に伝わる感触は相変わらず柔らかく、弾力があった。

「ぷあ」

「……我ながら外でやることじゃねーな」

「今は中ですよ。人もいないし、実質私の家です！」

「どこのガキ大将の理屈だよっ」

俺は肩を竦めてから、座席に腰を下ろそうと移動する。

しかし足を伸ばして数秒経たないうちに、志乃原に首根っこを摑《つか》まれて止められた。

「待った先輩。次の駅で降りますよ？　私、見せたい場所があるので」

「え、帰るんじゃないのか」

「先輩、すぐ帰ろうとしない！　私たちの戦いはここからですよ！」

「打ち切りエンド……？」

「縁起でもないこと言わないでくださいよ!!」

志乃原がむくれていると、しゃがれた声が車両に鳴り響く。

駅に到着する前のアナウンスだ。

みるみるうちにスピードが落ちていき、あっという間にドアが開く。

「さ、行きますよ〜」

「分かったよ。まあ、元々今日はオフって決めてたしな」

就活も大事だが、この関係性だって大切だ。仕事は大切だが、それよりも大切なこともある。

比較的スムーズに従った俺に、志乃原は「さっすが先輩」とご満悦なご様子だ。

……見せたい場所か。

志乃原のお父さんの家を出てからまだ三十分ほどしか経っていないし、所縁《ゆかり》のある場所なのかもしれない。

俺は志乃原の過去の多くを知らない。

今日お父さんと喋《しゃべ》ってかなりの知識は補填されたが、まだ彩華や明美《あけみ》の方が知っていることもあるだろう。

だが、それ自体はさしたる問題ではない。

何より重要なのは俺たち二人が積み上げてきた時間や、この先積み上げていく時間。

この回帰も、あくまで今日の締めという気楽な解釈で済ませるのが丁度いい。

「……先輩、ちょっと歩きながら話しません？」

「いつだって話してるだろ、俺らは」

「もー、改めてって言いたいんですよ。改めて話したいことがあるんですっ」

志乃原は改札にICカードを押しつけつつ、不満げな声を出す。

俺も後輩の後に続き、駅のホームを出た。

先程の駅より停車する電車が多い関係で、人通りは桁違いだ。

外へ出ると、まず視界に入ったのは歴史のありそうな商店街。車道を挟んだ先に、商店街の入り口が厳かに構えてある。

中高生時代の志乃原は、此処《ここ》を遊び場にしていたのだろうか。

商店街の中に入ると歩行者や自転車が疎《まば》らに行き交うだけで、お店は殆《ほとん》ど開いていない。たまに開いていても千円カットや古本屋さんで、年頃の中高生が遊んでいそうな場所は見当たらなかった。

「よく来てたのか？　此処」

「内緒でーす」

志乃原はそう答えてから、両手を掲げて身体《からだ》をググッと伸ばす。

服が突っ張り豊満な胸が強調されて、俺は視線を前方へ流した。

志乃原がバンザイさせた両手をようやく下ろしたのが視界の隅に入る。

……最近はこの重力に抗《あらが》うのが難しくなってきた。

「先輩、今どこ見てました？」

「商店街だってのに、人少ねえな〜」

「そうですねー。まあいいです、今は重要じゃないんで」

誤魔化《ごまか》したのがバレバレだというように、志乃原は不満そうな声色で答えた。

普段ならしつこく言及してくるところだが、余程優先度の高い話らしい。

だが商店街を歩きながら済ませられる話なのも確かなので、内容の予想はしづらい。

「で、改めて話したいことってなんだよ」

「急《せ》かさないでくださいよ〜」

志乃原はヘラヘラ笑う。

しかしすぐに口角を下げて、言葉を紡いだ。

「先輩。私、最近普通になったんですよね」

「なんだそれ。元々変わってたって言いたいのか」

「あはは、まあそうかもです」

志乃原はゆっくり歩を進めながら続ける。

「先輩、普通ってなんだと思います？　私も普段、特に意識せず普通に普通っていう言葉使っちゃいますけど」

「お前今あえて乱発しただろ、めっちゃ分かりづらかったからな！」

あからさまなフリにツッコんでやると、志乃原は可笑《おか》しそうに笑い、それから若干声を震わせながら言った。

「まあ纏《まと》めますと、私は先輩の普通に対する解釈を聞きたいだけです」

「むずいなオイ」

「まあまあ、そう言わずにっ」

……普通か。

そこにどんな意味が込められていようと、別に普通に拘《こだわ》る必要はない。

自分が自分であるために必要ならば普通を逸脱することだって必要だ。

月光に照らされる海を眺めながら、俺は彩華にそう教えられた。

それを一言で表すならば、あの時の言葉をそのまま持ってくるしかない。

「周りの平均点かな」

「平均点……ですか」

「うん。だからといって、何が上で何が下とかないけど。そもそも質問がざっくりしすぎだっての」

広義的な質問では、志乃原の欲しい答えは出てこないに違いない。

志乃原が訊《き》きたかったのは、きっともう少し具体的なことだ。

志乃原が口にする普通は、彩華と語らったそれとは毛色が異なる気がするから。

「てへ、やっぱりそうですよね」

俺の返事を聞いて、志乃原はおどけて自らの額にコツンと拳を当てる。

——その表情には作為的な色が帯びていた。


いつもの笑みの中に覆われた感情は——恐れ。

本人にとって語りづらいことなのだろう。

志乃原から出てくる言葉を待っていたが、無言の歩行が進む。

そして、隣で息を吸う気配。

次に発せられる言葉に、俺は耳を傾ける。

「ま、しみったれた雰囲気になりそうなのでやっぱりナシ！　先輩、この先に良いお店あるんですよ。お団子美味《おい》しいんですよ〜、まだお腹《なか》に入りそうなら奢《おご》ります！」

「……」

俺は志乃原に視線を移す。

正直、迷った。

このまま話題を逸《そ》らして散歩をするだけでも、愉《たの》しい時間になる。

むしろこの気楽な話題に切り替えた方が、良い一日として終えられる可能性は高いといえる。

だが、志乃原がこうして改まった話をする頻度は高くない。今日を逃せば、もう来ない可能性だってある。

今この瞬間は、志乃原真由《まゆ》という存在にもう一歩踏み込む上で欠かせない機会。

そんな直感が頭に過《よ》ぎって離れない。

以前の俺なら、志乃原に対しては無理に話させようとはしなかった。

心の一線は自分で引いて、本人が話したくなさそうなら訊かないという在り方を崩さないように意識していた。

志乃原に対してその在り方を初めて崩したのは、梅雨時に中学時代のことを訊いた時だ。

在り方を崩した理由はいくつもあるが、彩華本人からの提言があったことが大きい。

志乃原のことが知りたいという理由もあったものの、それだけでは行動に移せなかったから、ズルズルと聞きそびれていたのだ。

彩華に対してだけ、俺は半ば無理やり踏み込めた。

それは彩華と積み上げた時間が為《な》せることだと思っていた。

——でも、違う。

俺は彩華が大切だから行動できただけ。

そして志乃原もその大切な存在に、間違いなく入っている。

だから、訊きづらいことだって訊きたい。

他人に見せない一面も、お互いに見せ合いたい。

出会ってもうすぐ一年が経《た》つ。

俺たちは、そういう仲になれる。

そういう仲になれると信じられる。

「俺は、真由のことがもっと知りたい」

「え？」

「なんで真由は普通に拘るんだ？」

志乃原の笑顔が張り付いたものに変移する。

また覆われた。

今度隠れている感情は、緊張か。

「——ち、小さい頃からなので、ちょっと急には」

「じゃあ、教えてくれよ。小さい頃の真由が、何考えて生きてきたのか。ゆっくりでいいから、真由の言葉で聞かせてほしい。俺は志乃原真由について、もっと知りたいんだよ。団子はその後食べようぜ」

商店街を志乃原は立ち止まる。

視線を横に移すと、志乃原は相好を崩していた。

「……嬉《うれ》しいです。先輩がそんなに……直接的に言ってくれるなんて」

「……別に、普通だろ」

「えへへ。じゃあ、その普通になれて嬉しいです。いやー、良いもんですね普通って！」

「いいから続けてくれ」

俺は前を見据えて歩き出すと、斜め後ろから志乃原がからかってくる。

「先輩照れた！　可愛《かわい》いです先輩、可愛い！」

「可愛いって言うのやめろ！　男はカッコいいの方がいい！」

「先輩カッコいい！」

「やっぱカッコいいもやめて！」

左右に回り込みながら声を掛けてくる志乃原に、俺は両手を挙げて降参した。

いざ直接的な言葉ばかり発せられたら、どう対処していいか判《わか》らない。

「えー。なんか今日の先輩、ますます愛くるしいのでもうちょっと愛《め》でたかったんですけど」

「次言ったら頭ぶん殴るからな」

「それってツンデレとかで済まないんじゃ……」

「冗談だよ」

志乃原は「うぇぇ、なんですかその逃げ方ぁ……」と若干引いた様子を見せてから、気を取り直したように息を吐く。

「私が普通に拘る理由ですか。あんまり人に話したことないんですけど。あえて話しておきたいことでもないですし」

「じゃあいいや」

「嘘《うそ》です先輩は別です、聞いてください興味持ってください！」

「分かったよ怖《こえ》えよ――うおぁ⁉」

グアッと勢いよく横からダイブしてくる志乃原を辛うじて受け止めて、遠心力を使って横に一回転する。

志乃原はこちらを全面的に信頼して飛び込んできたのか、元の位置に戻った後はただ愉快そうに声を上げる。

いつか事故になるからやめろと、後で言って聞かせなければ。

「わはは、着地成功！」

「お前なぁ……」

「たんまです！　私、今からとっても大切な話をするので」

じゃあ余計なことをするなと言いたい。

だが、志乃原の大事な話をする際の傍若無人《ぼうじゃくぶじん》さは今更だろう。

俺は深く言及せず、「分かったよ」と頷《うなず》いて、渋々耳を傾けた。

志乃原も頬《ほお》を緩めて、倣ったようにコクリと頷く。

「……私、小さい頃はですね。周りにいる人間は、皆《み》んな私よりも良い人生を歩んでいる気がしてたんです」

胸が大きく音を立てた。

それは往時の自分も抱いた感情な気がしたから。

「ま、お察しの通りきっかけは親の離婚でした」

志乃原は今更そんなことは気にしていないと主張するが如《ごと》き明るい表情で、言葉を続ける。

「皆んな面白い人生を目指して頑張ろうと意気込んでいる中で、初めから普通という現状維持を選択しているのは自分だけでした。先生曰《いわ》く、向上心の欠如です！　なはは」

「なははじゃねえよ。よくそのテンションで喋《しゃべ》れるな」

「むう、先輩お口チャック。今私のめちゃシリアスな話してるんですから」

シリアスのシの字も感じさせないような声色だ。

しかし俺は言われた通り、口を閉じることにする。下手に言葉を挟めば、全く別の話題に逸れて戻ってこれない気がした。

この後輩が俺に気を遣わせないために明るく振る舞っているのも判る。

志乃原は小さく口角を上げて、視線を前方へ戻した。

「そして、私は自分だけ普通がいいって思うことに特に孤独感もなくてですね。周りが勉強や遊びに一生懸命に打ち込む中、何となーく無気力に過ごしてました。漠然とした焦りはありましたが、解決法が不明なので見えないフリをするしかなくて」

……志乃原にも無気力な時期があったのか。

天真爛漫《てんしんらんまん》の四文字が似合う言動の彼女だが、生まれたその日からそうだった訳ではない。多くの年月を過ごし、様々なことを感じ取った結果が今の志乃原真由なのだ。

それを再認識した。

「でも、いつの間にか風向きは変わってました。気付いたら、周りの殆《ほとん》どが〝別に私は普通でいいや〜〟ってスタンスになってたんです。なんでだと思います？」

不意に質問が飛んできて、俺は頭を悩ませた。

……今しがた語られたことは、全てが自分の過去にも当て嵌《は》まりそうな事柄だ。

俺が夢を語らなくなったのは小学生の時の些細《ささい》な出来事がきっかけだが、気付けば会話に夢なんて単語は出てこなくなった。

不景気なニュースが自然に目に入る年齢になった時には、確かに自分は普通でいいというスタンスの人間が増えていた気がする。

ニュースやドキュメンタリーで出てくる人と今の自分を照らし合わせ、自らの立ち位置が悪くないことに気が付いた。普通に学校に通えて、普通に友達と遊べて。

その状況が指し示す答えとは、つまり。

「〝普通〟って単語は、〝結構幸せ〟に変換できるから。とか？」

志乃原は目を見開いた。

数秒俺を凝視した志乃原は、おもむろに数度、自らの首を縦に振る。

「……びっくりです。私もそんな風に思ってました。この意見が合うのって、めっちゃ嬉しいかも。変わり者同士、捻《ひね》くれ者《もの》同士ですね」

「卑下してんじゃねーよ。俺は別に自分のことを捻くれ者なんて思ってないぞ」

「ほんとですか？」

「ちょっとは思う」

「あはは、先輩素直だ！」

志乃原は両手をパチパチ叩《たた》いて喜んでみせた。

既に吹っ切れている笑顔に、俺も口角を上げて応える。

志乃原はコクコク頷いて、言葉を続けた。

「年齢を重ねるごとに、普通でいる大変さとか、色んなことを通じて知るんですよね。ほんと世の中、世知辛い！　皆んな無意識にそう思い始めたのかなと」

「……まあな。俺も中学時代はそんな感じだったよ」

今では違うと言い切れるだろうか。

就活を頑張る理由を見つけられる程度には、未来に希望は持っているつもりだ。

だが現状維持を美とする側面だけは、未《いま》だ根強く残っている。

それが悪いとは思わない。今の俺にとって、現状維持が指し示す意味合いはかつてと異なっている。

「……特別な人間は、面白い人生を求めて突っ走ればいい。でも特に強みのない私たちは、普通を維持するために頑張ろーって」

志乃原は両手を広げて、顔を上げる。

「そう考えたら宝物を真っ先に見つけた古参のような気分になって、それなりに楽しい人生のような気もしてきました。ま、結局自分にとって普通になれてないことに気付いて焦ってるうちに、明美さんにしばかれる訳ですが」

「しば……」

返答に窮する。

しかし志乃原は吹き出し、あっけらかんと口にした。

「比喩ですよ？　心配しないでください。ほんとに暴力沙汰があったら、さすがに彩華さんもがっつり介入してくれてたはずですから」

「……なんだよ、驚かせんな」

そう文句を口にしつつ、僅かながら安堵《あんど》した。

明美のこともそうだが、志乃原の胸中を察したからだ。

今しがたのやり取りは、自らの中学時代を冗談として使える程度には、志乃原の中で吹っ切れたという証拠に他ならない。

もしかしたら俺を安堵させるためにあえて言ったのかもしれないが、いずれにせよ以前では考えられなかったことだ。

志乃原の変化に胸が温かくなる。

暫《しばら》くその感覚に浸っていると、志乃原が話しかけてきた。

「これで、私の在り方はお話ししました。……私今は幸せですよ。こうして先輩に何でも話せちゃうんだから」

「……話してくれてありがとな」

偽りないお礼だった。

思考を要さないまま口から漏れ出たお礼だった。

条件反射の言葉ではない。

まるで本能が理性を飛び越えて発したような、確かに刻まれる言の葉が、志乃原の鼓膜を震わせている。

志乃原は噛《か》み締《し》めるように少し間を置いた後、

「……先輩。観覧車でのこと覚えてます？」

静かな声だった。

夏の終わりを彷彿《ほうふつ》とさせる、秋の始まりを彷彿とさせる声色だった。肌触りのいい気温のように、耳に心地いい声が音色となって俺の鼓膜を震わせる。

「──変わらないでくださいって。変わってほしくない理由、またいずれ話すって」

「……あったな、そんなこと」

今思い返せば、発言の意図は想像できる。

親の離婚や、彩華との過去。

志乃原にとっての変化は、それまでマイナスに転じる出来事でしかなかったから。

そう考えていると、志乃原は「それもありますけど」と言った。

「……俺まだ何も答えてないけど」

「何となく分かりますもん。離婚とか中学時代とか、そういうきっかけって思ってましたよね」

「う……」

図星を指されて、押し黙る。

志乃原は面白そうに肩を揺らした。

「まあそれもあるんですけどね。一番大きい理由としては、あの時はまだちょっぴり不安だったんです。変わった後の先輩は、私を知る度に面倒くさがって離れちゃうんじゃないかって」

「んなこと──」

「はい、そんなことなかったですっ」

志乃原はその返事とともに俺の正面に回り込み、向き合った。

そして両手を俺の肩に乗せて、ぽんぽんと軽く叩く。

「あの直後に私を大切って断言してくれたこともそうですけど。中学時代の話をしても、親に会わせるなんて激イタムーブかましても、先輩が離れる気配ないですもん。唯一その気配を感じたのは、ごく最近です」

志乃原はジト目を使って、上目遣いをしてきた。

俺はたじろいで、視線を逸《そ》らす。

立派な大人になりたいという想《おも》いを優先して、ほんの一時期は疎遠になった。それでも志乃原は俺の家に変わらず来て、変わらず連絡してくれた。

……思い返せば、俺は志乃原の自由奔放さが羨ましく、自由奔放に隠した優しさが好きだった。

俺は苦笑して、視線を戻す。

そして「ごめん」と謝った。

たった三文字に、胸中に湧き出る沢山の想いを込めて。

その一部でも伝わったのか、志乃原はフリフリとかぶりを振った。

「……大丈夫です。あの時間は先輩らしいって理解してましたから、私は待つことができました。信頼し続けられるから、今も私はこうして明け透けに話せてます」

「……そうか」

俺は口角を上げて、志乃原の右手に触れた。

自分の掌《てのひら》から熱が伝わっていくのが分かる。

志乃原の手の甲から熱が伝わっているのが分かる。

「……だから、明け透けついでにもう一つだけ話してもいいですか」

志乃原の顔に赤みが帯びる。

頬に火照った橙色《だいだいいろ》は、紅葉のそれより遥《はる》かに淡い。

それでも俺の瞳には色鮮やかに映っている。

──ああ、そうか。

「私、普通が大好きですけど。普通になりたいって、今までずっと思ってきましたけど」

志乃原が桜色の唇を震わせる。

一度飲み込んだ言葉が、再度秋の空へ放たれる。

「私、先輩となら普通にならなくても大丈夫です」

恐れも憂いも乗り越えて、志乃原真由は言葉を紡ぐ。

「普通とか、もう何でもいい。どっちでもいいんです。先輩と——」

俺が口を開こうとすると、志乃原は人差し指でそれを塞いだ。

口を塞がれた俺は、ただ志乃原の言葉を待つ。

自分の返答を妨げられたことに、一抹の悔恨を覚えながら。

ここで志乃原の手を払《はら》い除《の》け、言葉を返すことが正しいとは思えない。

今はきっと、志乃原の番。俺は。

刹那の時間に、様々な想いが浮かんで形取らないまま消えていく。

「今日は私、約束があるので。まだ良い後輩で、いたいので。これが私なりの精一杯」

志乃原は俺から一歩離れて、空を見上げる。

傍《かたわ》らにそよぐ紅葉を、視界一杯に広げたような、そんな秋空。

赤とんぼが旋回し、帰宅の時間を促した。

「……帰りますか」

「だな」

今日は家に来ないらしい。

やはりこの二日を機に、俺たちは。

「——悠太《ゆうた》先輩」

瞬間、思考が弾《はじ》けた。
頬《ほお》に当たるのは、一つの感触。
いつもならそれは人差し指。
振り向きざまの頬をつく、児戯に等しいスキンシップ。
だが今日は、人差し指なんかじゃなかった。
脳裏に観覧車の光景が過《よ》ぎる。
それは唇。
あまりにも近い彼女の匂いは、数秒の出来事でも、如実に事を伝えてきた。
観覧車の時よりも少し長めの接吻《せっぷん》は、痺《しび》れるような感覚を覚えさせた。
「……ん。ぷは」
志乃原の匂いが離れる。
濡《ぬ》れる頬を指でなぞり、志乃原は挑戦的な笑みを浮かべる。
「……ま、真由――」
「私、悪い子なんで。明日から、決めにいきます」
志乃原真由は自信ありげに笑みを浮かべる。
去年のクリスマスを想起する。

かつての弱々しい笑みは泡沫《うたかた》の如《ごと》く消え去った。

心の芯を真《ま》っ直《す》ぐに持った後輩は、凜《りん》とした顔で宣言する。

自分の弱さを吹き飛ばすように。

俺の弱さも吹き飛ばすように。

「私が先輩を幸せにしますから」

情景が過ぎる。

それはかつて、俺が彼女に。

「……ありがとう」

キスによって齎《もたら》された心の波は、観覧車の時よりも静謐《せいひつ》だ。

それはきっと、予想だにしなかった出来事ではなかったから。

察しながらも、俺は今日此処《ここ》に来た。

志乃原真由に会いに来た。

俺は頬を緩めて、真由に笑いかける。

「普通逆だな、そのセリフ」

真由は頬を紅《あか》く染めて、口元に弧を描く。

「いいじゃないですか。私たち、きっと普通じゃないですし」

絞り出そうとした俺の返事は、再度真由に閉じ込められる。

二度目の頬へのライトキス。
それは心なしか、先程食べた林檎《りんご》の匂いがした。

エピローグ

秋の夜長に似合わない、無機質な音が部屋に響く。

俺は重たい瞼《まぶた》を開けたが、暗闇の中では視界はさして変わらない。

しかしもう一度インターホンが鳴り、耳の錯覚ではなかったことを認識した。

真由《まゆ》と別れてから、あまり記憶が定かじゃない。

帰宅したのはまだ太陽が沈んで間もない夕方頃だったが、ボーッとしていたら寝落ちをしてしまったようだった。

窓に目をやると、いつの間にか暗闇は深く、重くなっている。

半ば不機嫌になりながら、暗闇の中で辺りを弄《まさぐ》る。

電気を点《つ》けると、脳が悲鳴を上げた。

久しぶりに休息を続けて取った脳みそは、情けないことに未《いま》だ睡眠を欲しているらしい。

拙い足取りで歩を進め、ヒンヤリとしたサンダルを履く。

扉を開けた。

「よっ」

「……彩華《あやか》」

俺は胸を撫《な》で下《お》ろす。

真由と会うには、まだ早いと思っていた。

頭の整理をするため、せめて沈んだ太陽が再度顔を覗《のぞ》かせる程度には時間が必要だったから。

沈み切った太陽が齎す暗闇に、身体《からだ》を紅く染めた葉が舞い落ちる。

廊下に佇《たたず》む彩華が、こともなげに口を開いた。

「入っていい？」

夜を意識した小声に、俺も小声で「おう」と了承する。

彩華を招き入れ、扉を閉める。

冷えた風が部屋へ流れ込んだ。

「ねえ、入っていい？」

たたきの場所で、再度彩華が問い掛ける。

俺は口元に笑みを浮かべて、先に部屋へ上がりながら答えた。

「いいって。別に初めてじゃないだろ。ついこの間も来たばっかだし」

何度も自宅へ招き入れた仲。

それどころか、俺たちは親友なのだ。
家に上げるくらい、何とも。
ふと、時計に視線が吸い込まれた。
目を見開く。
時計の針が、天の位置で重なっていた。
午前零時。
覚醒しきっていない脳が、俺に言葉を反芻《はんすう》させた。
——明日から、決めにいきます。

「悠太《ゆうた》」

彩華が呼んだ。
視線を向ける。
純白の肌。
夜が暗いのは、きっと彼女が陽光を吸い取ってしまったからに違いない。
彩華の額が迫っていた。
彩華の鼻が迫っていた。

彩華の唇が迫っていた。

目の前に、彩華がいた。

「……っ！」

今度は、耳じゃなかった。

今度は、頬じゃなかった。

「……ん」

唇が濡れる。

目と鼻の先で、彩華の艶《なまめ》かしい声がする。

甘い吐息。

甘い感覚。

彩華が吸うはずの酸素を吸っているような、俺が吸うはずの酸素が吸われるような。

数秒の接着も、驚愕《きょうがく》させるには充分だった。

俺は彩華から離れると、自分の唇に手を当てる。

身体から力が抜けていく。

「……あんた、ちょっとだけおめでたい」

「な、何が——」

「あんたは礼奈《れいな》さんに向き合った。真由に向き合った。一人一人に向き合って、より良い関係にしようと努力した。……あんたらしいけどさ」

俺が動揺を抑えるために場所を移動しても、彩華は至近距離を保ち、付いてくる。

そして再び俺たちが正面から向き合うと、彩華は俺の胸に人差し指をトンとついた。

「……私がずっと一緒にいるって思ってる」

「ち、違うのか。でも、いや、今のとは──」

「心持ちは違わない。でもね」

彩華は顔を上げた。

「ほんとに私がずっと傍《そば》にいられるかは、別の話でしょ」

そして、彩華はまた踵《かかと》を上げた。

顔が近付き、互いの吐息が顔に当たる。

鼻が触れ合うような距離で、彩華は言葉を紡ぎ出す。

「私はどうなったって離れない。何をされても、もう離れてやる気はない。親友のままでも、それはきっと叶《かな》うけど。密度は多分、全然違う」

彩華が優しげな笑みを浮かべる。

「だから私は、あんたとの距離に余白があるなら、その全てを埋めたいの」

親友という関係。

その先の関係を見てみたい。

そう思ったことは、何度もあった。

今年に入ってから、温泉旅館を始めとして二人の行末に思考を巡らす機会が増えて、つい先日だって考えた。

美濃《みの》彩華は、そこに一つの結論を出したのだ。

いや、もしかしたら、ずっと前から。

つまり。


「──悠太。あんたが好きよ。愛してる」


彩華が再び口を塞ぐ。

長い、長いキスだった。

昨日の匂いが消えていく。

昨日の記憶が消えていく。

頭の中、その全てが彩華に塗り替えられるような。

そんなキスを、俺はした。

ゆっくり後ろに倒れ込む。

ベッドがギシリと軋《きし》み、電気が消えた。

あとがき

この度も本作を手に取っていただき、誠にありがとうございます。御宮《おみや》ゆうです。

シリーズ第七巻。完結まで、残すところあと一巻のみになりました。

ここまでカノうわシリーズが続いたのも、皆様の支えがあってこそ。あとがきまで読んでいただける読者の方々に、感謝する日々です。

さて、第七巻はいかがでしたでしょうか。

この七巻まででヒロイン同士の関係性は変化しました。しかし、やはりメインは悠太《ゆうた》とヒロインの関係性。六巻と同様、それ以上の変化があったと思います。

実はエピローグの構想は二通りありました。七巻の原稿作業に着手し、九章を書くあたりまでどちらにするか決めかねており、作者自身も迷いながら筆を進めておりました。

しかし彼女がより強く動こうとしたため、本シリーズの中でも最も物語の動くエピローグと成りました。作家の誰しもが口を揃《そろ》える「勝手に動き出す」現象です。

これからも彼や彼女らの気持ちに寄り添いながら、この物語を紡いでいけたらと思います。悠太、真由《まゆ》、彩華《あやか》、そして礼奈《れいな》。

四者四様の決断を、最後まで見守っていただけたら嬉《うれ》しいです。

最後に嬉しいお知らせです。カノうわのコミカライズ版、二巻が十二月下旬に発売予定なのですが……YouTubeにてボイスコミック化が決まりました！　声が付きます！

一足先に楽しみましたが、とっても良い声でした……。

そしてMF文庫Jから、書き下ろしの新企画が進行中です！　恐らく時期は春前になるかと思います。

それぞれ楽しんでいただけたら作者冥利に尽きます。

ここからは謝辞になります。

担当編集K様。六巻に引き続き、〆切《しめきり》ギリギリまで拘《こだわ》ってしまいました。その分惹《ひ》き込む内容になっていたら嬉しいですね。いつもありがとうございます。

イラストレーターのえーる様。いつも美麗なイラストをありがとうございます。えーる様に描いていただくカノうわのキャラたちと過ごせるのがもうすぐ最後かと思うと寂しいですが、一緒に最後まで駆け抜けてくれたら私は本当に幸せです。

そして最後に読者の皆様。いつも応援、本当にありがとうございます。皆様の応援が、カノうわの世界を最後まで紡がせてくれます。

ラストを多くの読者の方と迎えられるよう、ぜひ口コミや紹介などで拡散していただけますと幸いです。

それでは、失礼致します。最終巻のあとがきでまたお会いしましょう。

御宮ゆう

カノジョに浮気《うわき》されていた俺《おれ》が、小悪魔《こあくま》な後輩《こうはい》に懐《なつ》かれています7

著　御宮《おみや》ゆう

角川スニーカー文庫　23445

2022年12月1日　初版発行
2023年1月25日　再版発行

発行者　山下直久
発　行　株式会社KADOKAWA
〒102-8177 東京都千代田区富士見2-13-3
電話　0570-002-301（ナビダイヤル）

印刷所　株式会社KADOKAWA
製本所　株式会社KADOKAWA

◆◇◇

●お問い合わせ
https://www.kadokawa.co.jp/（「お問い合わせ」へお進みください）
※内容によっては、お答えできない場合があります。
※サポートは日本国内のみとさせていただきます。
※Japanese text only

Printed in Japan　ISBN 978-4-04-113087-2　C0193

★ご意見、ご感想をお送りください★
〒102-8177 東京都千代田区富士見 2-13-3
株式会社KADOKAWA　角川スニーカー文庫編集部気付
「御宮ゆう」先生「えーる」先生